LA PIEDRA Y EL AGUA

MONTSERRAT DEL AMO es madrileña y licenciada en Filosofía y Letras. Lectora apasionada desde niña, siente muy pronto el deseo de intentar la difícil y apasionante aventura de la creación literaria. A los veinte años publica su primera novela, *Hombres de Hoy, Ciudades de Siglos*, en la que recoge sus propias vivencias de niña sorprendida por la guerra. Ha publicado cerca de cuarenta obras, la mayoría cuentos y novelas dirigidas a lectores infantiles y juveniles, con incursiones en el campo de la poesía, la biografía y el teatro. Entre los galardones obtenidos destacan el Premio Lazarillo 1960, por *Rastro de Dios;* El Nuevo Futuro, por *La torre;* el CCEI por *Chitina y su gato* y últimamente el Primer Premio Nacional de Literatura Infantil del Ministerio de Cultura en su primera convocatoria por *El nudo.* En 1970 recibe una Hucha de Plata en el concurso de cuentos de las Cajas de Ahorro por el titulado *Las reglas del juego.* Actualmente alterna su labor de creación literaria con la enseñanza y la animación a la lectura. Procura en sus obras una síntesis equilibrada entre el interés del argumento y la belleza del estilo, la claridad de la expresión y el calor de la sugerencia.

JUAN RAMÓN ALONSO DÍAZ-TOLEDO nació en Madrid en 1951. Es profesor de Dibujo por la Escuela de Bellas Artes de San Fernando.

MONTSERRAT DEL AMO

LA PIEDRA Y EL AGUA

EDITORIAL NOGUER, S. A.
BARCELONA · MADRID

Sexta edición: febrero de 1990
Cubierta e ilustraciones: Juan Ramón Alonso Díaz-Toledo
RESERVADOS TODOS LOS DERECHOS
(C) Montserrat del Amo, 1981
(C) Editorial Noguer, S.A., Paseo de Gracia, 96, Barcelona, 1981
I.S.B.N: 84-279-3127-1
Depósito legal: B-1989-89
Impreso en España por Gráficas Ródano, S.A.
calle Noi del Sucre, s/n., Viladecans (Barcelona)

María Cristina, que la memoria
de la tribu te acompañe.

El fuego

...Entonces Dusco, el padre de la tribu, cuando los cazadores buscaban refugio en las cavernas de la roca, espantados por el fragor de la tormenta, se dirigió hacia el claro del bosque donde se alzaba un pino de gran altura.

Caminaba solo, guiado por el resplandor de las serpientes de fuego que viven en las nubes, sin atender las voces que desde las cavernas le llamaban, recordándole que las bocas de fuego de las serpientes de la tormenta se tragan árboles, hombres y animales en un instante y solo ante las rocas se detienen.

Dusco seguía caminando sin atender las voces hasta llegar al claro donde se alzaba el pino más alto del bosque.

Buscó lajas de piedra, mucho más grandes que las usadas para fabricar cuchillos y flechas, las amontonó y se sentó encima, como el conejillo que se le presenta como cebo al águila.

ofreciéndose él mismo como cebo a las terribles serpientes de la tormenta.

No tuvo que aguardar mucho tiempo. Una de ellas descendió de lo alto y mordió el tronco del enorme árbol.

Dusco dio un salto, escapando en el momento preciso, mientras ardía el pino herido por la mordedura del fuego en una inmensa llamarada que resistía al golpe de la lluvia.

Al grito de la primera serpiente burlada por el hombre acudieron otras muchas que lucharon entre sí, disputándose la presa humana y atacando de nuevo el pino en llamas.

Ni aun entonces Dusco se escondió. Cegado por el fuego, golpeado por la lluvia, ensordecido por los gritos, aguardó a que cayera el tronco en tierra.

Cubrió entonces el tronco humeante con las lajas de piedra que había amontonado para protegerlo del viento y de la lluvia. Humo y llamas se escapaban por las rendijas y más tarde solo humo. Tres soles con sus noches duró la tormenta, pero el tronco cubierto de piedra siguió requemándose al resguardo del agua.

Cuando al fin lució de nuevo el sol, Dusco levantó con cuidado algunas lajas y descubrió en parte el tronco y sopló sobre la ceniza que lo cubría y de nuevo brotaron las llamas.

Los habitantes de las cavernas que se acercaban recelosos pensaron que la boca de Dusco despedía fuego, igual que las serpientes de la tormenta, y retrocedieron asustados.

Pero Dusco llamó a los hombres y las mujeres que vivían dispersos y les mostró el fuego y les ofreció carne de los animales que habían muerto por el calor intenso y ya no quisieron volver a alimentarse de carne cruda, ni esconderse en la oscuridad de las cavernas, y se turnaron para vigilar el fuego. Los cachorros humanos, que antes morían de frío, resistieron las nieves y se fortalecieron alimentándose de carne asada y creció el grupo y se formó la tribu.

Nuestra tribu, que seguirá existiendo mientras permanezcamos unidos en torno al fuego. El fuego que arrebató para nosotros, robándoselo a las serpientes de la tormenta que viven en las nubes, el gran Dusco, el padre de la tribu...

I. EL REGRESO DE VERGES

Verges regresó al anochecer del décimo sol, cuando ya nadie le esperaba. Penetró en la explanada como un rayo y solo detuvo el galope de su caballo al borde mismo de la hoguera, haciendo saltar chispas de entre la ceniza. Descabalgó de un salto y retuvo a duras penas su caballo, que se encabritaba asustado por la proximidad del fuego.

La repentina llegada del cazador basta para convocar a todos los miembros de la tribu. Estallan voces, exclamaciones y preguntas:

—¿Es Verges?

—¡Larga fue su ausencia, pero al fin ha vuelto!

—¡Ya está aquí!

Los gritos alcanzan las últimas cabañas y niños, mujeres y hombres acuden corriendo, empujándose, apretujándose en torno al recién llegado. Ni siquiera el anciano jefe, Cau, se ve libre de la avalancha que lo envuelve y arrastra.

—Pensábamos que ya nunca te volveríamos a ver.

—¿Dónde has estado todo este tiempo?

Verges lanza una mirada triunfante a su alrededor y con voz clara y fuerte comienza:

—Fui cabalgando junto al gran río...

Cau trata de interrumpirle con un gesto pues desearía interrogarle a solas, pero Verges finge estar muy ocupado calmando la impaciencia de su caballo y continúa, como si nada hubiera advertido:

—...siguiendo el camino del agua...

¡El gran río! ¡El camino del agua!

Cau endurece el gesto. No es que la hubiera formalmente prohibido, pero jamás señalaba esa dirección a los cazadores cuando los envía a alguna expedición. Ni siquiera la mencionaba, ni dejaba que nadie hablara del gran río en su presencia, porque sus aguas seguían tercamente la dirección contraria de la que Cau había elegido para su tribu. Cuando se reunían todos junto al fuego, Cau, ayudado por Nasco, el hechicero, hablaba de la vuelta a los orígenes, del retorno a las montañas donde el grupo se había formado, para avivar allí la memoria de la tribu, de modo que los cazadores de hoy fueran capaces de emular las hazañas de Dusco, el cazador.

Así, en una marcha constante, fueron dejando atrás los valles templados, las minas, las tierras fértiles, las laderas cubiertas de frutales, las prósperas llanuras. Como compensación a la progresiva escasez de frutos y mayor dificultad de la caza, ofrecía Cau a los cazadores la posibilidad de demostrar una mayor valentía y destreza en el manejo del arco.

Pero era imposible silenciar la voz del gran río. Contrariando las decisiones del jefe, el camino del agua seguía fluyendo a través del valle marcando la ruta contraria. ¡Y Verges se había atrevido a seguirla!

Sintiéndose apoyado por la curiosidad de los cazadores, continúa:

...—durante cuatro soles...

Cau está a punto de castigar la osadía del recién llegado que resiste las normas. Es la primera vez que le ocurre, en su larga historia de jefe de tribu, y le ciega la cólera. Levanta la mano, pero su gesto se pierde en el vaivén de los empujones y codazos del grupo. Comienza a hablar, pero su voz se ahoga en el coro de las preguntas impacientes de los cazadores.

—¿Qué encontraste, Verges, río abajo?

—¿Alcanzaste la arena interminable?

—¿Es cierto que el camino del agua termina en el río sin fin y sin orillas?

Los habitantes del poblado se estrechan aún más en torno a Verges. Cau se siente empujado, zarandeado, desplazado hacia atrás y por último arrojado del grupo. Su cólera cede, dando paso a la indecisión. Sabe que debería acusar públicamente a Verges por marcharse solo y permanecer tantos soles lejos del poblado, pero apenas se atreve. Es Cau quien no se atreve, aunque sea Verges el culpable. Porque es evidente que rompió la norma por decisión propia. No podrá disculparse, pretextando un accidente, pues tanto él como su caballo han regresado sin daño, ni hablando de extravío, pues acaba de decir que había seguido el camino del agua sin desviarse a derecha ni izquierda.

Si todo esto no bastara para confirmar claramente su actitud de rebeldía aún le acusaban más las circunstancias de su marcha: Verges había desaparecido en plena noche, tan silenciosamente que ninguno de los habitantes del poblado advirtió su salida, de modo que todos se preguntaban a la mañana siguiente cómo pudo separar su caballo del resto de la tropilla sin que ninguno relinchase.

Aún había más: Los cazadores lanzados tras sus huellas estuvieron rastreando varias pistas falsas que, después de alejarles hacia el monte o el valle, les conducían de nuevo hasta el poblado, haciendo imposible la persecución.

No se trataba por tanto de un accidente, sino de un plan elaborado hasta en sus menores detalles y ejecutado a la perfección. Verges, había actuado con la astucia del cazador, demostrando ser el mejor.

Cau apretó los puños, tratando de disimular el temblor de sus manos. ¿Tiemblan de cólera o de temor? ¿Qué ocurriría si Verges osara resistir de palabra su autoridad delante de la tribu, como ya la ha resistido de hecho? El cazador rebelde ¿intenta disputarle el mando? ¿Usurpará el puesto de jefe? ¿Podría llegar a decidir el futuro de la tribu?

¡No! ¡Eso, no! Cau no está dispuesto a consentirlo. Tiene que salvarla del peligro que la amenaza y que sólo Nasco y él conocen. La tarea es difícil, pero Cau la conseguirá, aunque tenga que imponer a los suyos aún mayores sacrificios.

Se yergue, decidido por fin a intervenir y se dirige al grupo compacto que rodea a Verges. Romperá el cerco, se enfrentará con él y castigará su rebeldía delante de la tribu. En lucha cuerpo a cuerpo, si fuera necesario.

Pero antes de que tenga que medir sus fuerzas, ya declinantes por el paso de los años, con el vigor juvenil del cazador rebelde en una lucha desigual y de incierto resultado, ocurre algo que hace innecesario el enfrentamiento.

Verges seguía narrando su escapada:

—...y cuatro lunas, sin detenerme apenas...

Cuando brotó a sus espaldas un grito procedente del otro lado del fuego que sorprendió al narrador e interrumpió su frase:

—¡Atrás!

Nasco, el hechicero, es el que acaba de gritar. Nasco, al que se vuelven todos, contemplando cómo avanza despacio hacia el fuego, revestido de ceremonia, con el bastón de marfil ornado de plumas en la mano derecha y el collar de cuentas de colores en torno a su cuello.

El grupo compacto que rodeaba a Verges se rompe al instante. Los habitantes del poblado retroceden hasta situarse en los bordes de la amplia explanada.

La hoguera ocupa ahora el centro del círculo.

A un lado está Verges, reteniendo el caballo que se revuelve, inquieto, levantando una nube de polvo y ceniza, y enfrente Cau, erguido en toda su estatura, con los puños cerrados, los ojos chispeantes, amenazador y magnífico.

Nasco sigue avanzando con lentitud, deja atrás al anciano jefe y se dirige hacia Verges. Unos instantes permanece inmóvil tan cerca de la hoguera que las llamas dan a su rostro un resplandor rojizo. De pronto levanta el bastón de marfil y golpea el rostro del cazador rebelde, diciendo al mismo tiempo:

—¿Cómo te atreves a introducir en la explanada tu caballo? ¿No sabes que nuestra tribu permanece siempre unida en torno a la hoguera? ¡Respeta el misterio del fuego! No tolero que los cascos de un animal lo sigan pateando.

El golpe ha sido levísimo. Llegó a rozarle apenas con las plumas de colores que adornan el marfil pero Verges salta hacia atrás, como si hubiera recibido una grave herida, obligando a retroceder a su caballo.

—Tan solo pisaba la ceniza, —murmura, disculpándose.

16

Nasco se crece en la respuesta. Para toda la tribu habla, no tan solo para el cazador que ha osado quebrantar las normas de la tribu:

—¿Qué es la ceniza, sino el sueño del fuego? ¿Acaso no merece respeto el cazador anciano cuyas manos apenas tienen ya fuerza para tender el arco? ¿Despreciaremos por eso su experiencia y su sabiduría? Así como el viento hace brotar el fuego que duerme en la ceniza, el tiempo despierta la sabiduría y la prudencia que duermen en el corazón del hombre!

Esta vez Verges no osa replicar. Ni para disculparse siquiera.

Los cazadores que momentos antes le miraban con admiración o simpatía ahora lo observan con recelo. Una cosa es desobedecer las órdenes y otra muy distinta mostrar desprecio por la memoria de la tribu. Resulta peligroso. Equivaldría a enfrentarse con todos los habitantes del poblado.

Verges cambia el gesto. Agacha la cabeza. Conduce su caballo lejos de la hoguera y con una sonora palmada en el anca lo obliga a salir fuera de la explanada. En el silencio se le oye galopar, relinchando en la noche durante unos instantes.

Entretanto Cau busca un sitio libre y destacado en medio de los cazadores, sintiéndose fortalecido y respaldado por las palabras del hechicero.

Nasco aguarda en pie el regreso de Verges:

—Ocupa tu puesto —le ordena.

Verges se dispone a sentarse entre los cazadores, a la izquierda de Cau, muy próximo al jefe, pero Nasco lo detiene.

—Cierto. Ése era tu puesto. Pero aún no sabemos si volverá a serlo. Quédate donde estás y responde. La tribu escuchará tus palabras y decidirá si ha de seguir contándote entre sus hombres.

Con un ademán Nasco le indica el punto donde momentos antes estuvo el caballo removiendo con las patas la tierra y la ceniza. Pero no mantiene la mano a la altura de un hombre, sino que señala el suelo tan imperiosamente que Verges, que momentos antes se presentaba delante de la tribu como el orgulloso portador de buenas noticias, empieza a comprender la inseguridad de su situación. No se atreve a permanecer en pie ni a sentarse como los demás. Se acuclilla, agazapado en el polvo, en actitud humilde en apariencia, pero dispuesto al salto, y aguarda el comienzo del juicio.

A una señal de Nasco un muchacho arroja al fuego una brazada de ramas secas. Se eleva una gran llamarada y se extiende en la noche el perfume penetrante de las grandes ceremonias.

Nasco anuncia solemnemente, señalando a Verges con su bastón de marfil:

—¡Este hombre ha olvidado la memoria de la tribu! Ha cerrado su corazón y sus oídos a las palabras de Dusco, el padre común. ¡Ha permanecido alejado del

fuego durante mucho tiempo! Por esto deber ser...

Nasco alarga aquí la pausa entre palabras lo suficiente como para dar tiempo a que Cau pueda intervenir si es su deseo. En este momento, si Nasco pronunciase la palabra «castigado» la tribu en bloque aceptaría la sentencia sin aguardar al juicio y Verges sería inmediatamente arrojado del poblado, sin armas ni caballo. Tan grave es el castigo. Porque además del dolor y la vergüenza de la expulsión, un hombre solo, errando por el bosque, obligado a alejarse de los habituales cazaderos, sin ayuda del grupo, tiene muy escasas posibilidades de sobrevivir. Por eso Nasco alarga la frase. Dictará sentencia o abrirá el juicio obedeciendo las órdenes secretas del jefe.

Cau, por su parte, permanece inmóvil, considerando el caso. ¿Será preferible sacrificar inmediatamente al mejor de los cazadores a cambio del silencio, o escuchar sus palabras, corriendo el riesgo de que puedan perturbar la tranquilidad del grupo?

La decisión es difícil. Muy lejos ha podido llegar Verges en cuatro lunas. ¿Qué será lo que ha visto río abajo? ¿Habrá llegado a descubrir el terrible secreto mantenido celosamente por el jefe y el hechicero durante tantos años, el peligro que justifica la lenta retirada de la tribu a las montañas? ¿Será capaz de conservarlo, dándose cuenta de su importancia, o lo revelará a la tribu, utilizándolo como arma contra el doble mando?

La decisión es difícil. Cau duda todavía, sopesando los pros y los contras. Al fin gira lentamente las manos, colocándolas con las palmas hacia arriba: un gesto que Nasco sabe interpretar. Por eso continúa:

—...debe ser juzgado delante de la tribu —dice.

Una vez más ha funcionado a la perfección el acuerdo de mutuo apoyo que mantiene a la tribu bajo el doble control del jefe y el hechicero.

Un murmullo expectante recorre el círculo formado por los habitantes del poblado. El muchacho acerca el asiento de pieles donde se sentarán Cau y Nasco junto al fuego y da comienzo el juicio.

Cau toma la palabra:

—¿Sabes el castigo que corresponde a los que se separan del grupo?

—Lo conozco, —responde Verges— pero yo no me he separado del grupo. Siempre tuve presente la memoria de la tribu. Las palabras de Dusco, el padre común, fueron las que me guiaron bajo el sol y a través de la noche durante todo el tiempo que ha durado mi ausencia.

Nasco se admira de la audacia del cazador que se atreve a evocar el nombre de Dusco en su defensa. Por el momento guarda silencio, dejando a Cau que continúe el interrogatorio, como si sólo se tratara de un asunto entre cazadores, pues procura intervenir tan solo en momentos extremos, para no desgastar su propio poder.

—¿Por qué desapareciste en medio de la noche? —pregunta Cau.

—Dusco me llamaba. No había tiempo que perder.

—¿Cómo explicas las falsas pistas que encontraron después los rastreadores?

—No fue mi intención desorientar a mis compañeros. La voz de Dusco se perdía en la noche. Tantas veces como la perdí tuve que regresar a la aldea. Hasta que resonó fuerte y clara junto al gran río, señalando el camino del agua.

Las preguntas de Cau son directas, sencillas, como corresponden a un jefe de cazadores. Verges, por el contrario, mezcla en sus respuestas imágenes que pertenecen al ámbito mágico del hechicero. Evocando a Dusco, en su defensa, se propone captar la atención y las simpatías de todos los componentes del poblado. Y lo consigue.

Niños, hombres, mujeres, todos le contemplan asombrados, mirándole de hito en hito, como si solo estuviera él dentro del círculo.

Unicamente Argos, el hierbatero, escapa de la fascinación general. Mordisquea un tallo de romero, que le ayuda a mantenerse vigilante y observa con la misma atención tanto al acusado como a sus jueces.

Verges permanece acuclillado en la ceniza, con los hombros hundidos y la cabeza gacha, pero su voz desmiente la humildad de su actitud. Tiene los músculos tensos, como el cazador dispuesto a rechazar

22

los zarpazos del oso, y contesta con una decisión que logra ir borrando progresivamente el tono acusador del jefe.

Cau insiste en las preguntas concretas:

—¿Cómo has podido vivir alejado del fuego?

—La voz de Dusco me guiaba durante la noche.

—¿Qué has hecho durante todo este tiempo?

—Obedecer las órdenes del padre de la tribu.

Verges está consiguiendo que el interrogatorio dé vueltas y vueltas sin que se aclaren sus verdaderas intenciones.

Cau, impaciente, en un intento de romper el cerco, grita:

—¿Qué es lo que Dusco te mandaba?

Inmediatamente Nasco lanza una mirada furtiva hacia el jefe, indicándole que acaba de dar un paso en falso. La pregunta supone el reconocimiento de algo muy importante y peligroso: Verges recibe órdenes directamente del padre de la tribu, saltándose la autoridad del jefe y el hechicero. Justo lo que el cazador rebelde pretendía. Cau se da cuenta, pero ya es tarde para rectificar.

Aprovechando el instante propicio, Verges da un salto y responde en pie, dominando con su estatura a toda la tribu:

—Me ordenó salir en busca de caballos salvajes y me guió al lugar donde se encuentra una manada. La tribu necesita caballos.

La noticia es importante. Apenas si se veía algún caballo solitario galopando en el valle. El que monta Verges y otro más eran los únicos que habían logrado atrapar desde el establecimiento del último poblado.

Es cierto que la tribu necesitará más caballos para transportar ancianos, niños y enseres en el próximo desplazamiento, pero Nasco duda mucho de que Verges se esté refiriendo a la larga marcha.

Los hombres del poblado se alborotan con la noticia. Un caballo veloz es el complemento del buen cazador y son muchos todavía los que carecen de cabalgadura. ¿Y Verges ha encontrado una manada?

Se levantan, rompiendo el círculo y el silencio del juicio y le rodean, ansiosos.

—¿Era muy numerosa?

—¿Viste algunos potros? La doma es más fácil, cuando se empieza pronto...

Uno llega a suplicar:

—¿Nos guiarás hasta ellos, Verges?

Y otro:

—¿Cuándo saldremos a capturarlos?

¡Y se lo preguntan a Verges, olvidando que es Cau, el jefe, el único que tiene autoridad para organizar partidas de caza!

Argos, por su parte, comprende al fin lo ocurrido. Sin duda el caballo de Verges mostró una especial inquietud, motivada por la proximidad de la manada de la que hacía poco había sido violentamente separado.

Olfateaba el aire, levantando las orejas y resistiéndose al peso del cazador. Aquella noche, Verges decidió levantarse al oírle patear una y otra vez. Lo separó de la tropilla y lo montó azuzándole, sin imponerle dirección alguna. Varias veces el caballo olfateó el olor de la manada, galopando en su busca, y otras tantas regresó a la querencia del cercado y el pasto seguro. Pero al fin se encaminó por el curso del río, y galopó sin que fuera preciso azuzarle, hasta encontrar el valle escondido y la hierba olorosa y la presencia de la manada de cuando era un potrillo juguetón y libre.

Verges se detuvo a estudiar el terreno, tal vez cerró con troncos y rocas el desfiladero de acceso y después de un breve descanso regresó, señalando cuidadosamente el camino a la vuelta, para buscar refuerzos y organizar la captura, imposible de intentar en solitario.

Los cazadores le interrogan aún:

—¿Cómo eran los caballos?

—Pequeños y fuertes, como el que monto yo. Duros de cabalgar en la montaña —es la respuesta de Verges.

Sus ojos buscan los de Cau. ¿Está acaso intentando trasmitirle un mensaje? ¿Ha descubierto en su escapada, además de esa manada de caballos salvajes que la justifica, el terrible peligro que se cierne sobre la tribu? ¿O lo conoce desde hace tiempo?

Añade Verges:

25

—Duros en la montaña y veloces en el llano. Buenos para la caza y la lucha, para la huida y para la sorpresa.

¿Lucha? ¿Huida? ¿Sorpresa? ¿Cuánto tiempo tardará Verges en pronunciar la palabra «guerra»? El hechicero y el jefe cruzan miradas de alarma. Suerte que los cazadores están demasiado ansiosos de poseer un caballo como para fijarse en palabras. Pero el momento es crítico. Es necesario intervenir.

—¡Atrás! —grita Nasco, siendo inmediatamente obedecido, como la vez primera.

Apenas se ha restablecido el orden, el hechicero añade:

—El grupo recibe con alegría el anuncio de la proximidad de una numerosa manada de caballos salvajes y se lo agradece a Dusco, el padre de la tribu, que orientó con sus voces al cazador.

Que quede bien claro que Verges es solo un emisario. Y peligroso. Sería deseable asegurar el secreto, arrojándole de la tribu, pero la importancia que ha conseguido en este momento dentro del grupo hace imposible que se le imponga ningún castigo, por grave que haya sido su rebeldía.

Cau lo comprende así y dice:

—El juicio ha terminado. Señalaré ahora a los cazadores que deberán salir en la expedición de captura, teniendo a Verges como guía. Saldrán mañana, al amanecer.

Nasco ordena que sean añadidas al fuego ramas secas y anuncia:

—¡Evoquemos ahora la memoria de la tribu! ¡Recordemos las historias de Dusco, conquistador del fuego!

El caballo

...entonces Dusco, el padre de la tribu, gritó de gozo lamiendo su cachorro recién nacido y se lo entregó a Uxora, para que lo lamiera también, y lo alimentara.

Gritó de nuevo, esta vez de dolor y de rabia, porque se acercaba el tiempo de los hielos y no sabría dar a su cachorro una caliente piel que le abrigara como la que les entrega el oso a los oseznos; ni unas ligeras alas, como las que ya plantan los pájaros en sus huevos de modo que incluso los polluelos de la última nidada pueden alzar el vuelo bajo el sol; ni unas pezuñas duras como las que ya tienen los cervatos y los potros y los bisontes, que nacen preparados para lanzarse al galope en la gran espantada del frío.

El pobre cachorro humano temblará, aterido, en el interior de una oscura caverna, y el aliento de sus padres y todos sus cuidados no serán suficientes para protegerle del frío.

Aún era largo el sol y las tardes templadas, pero Dusco presentía el avance del hielo con un temor profundo y no compartido porque Uxora sonreía siempre, como si en torno del cachorro, todos los posibles dolores y peligros hubieran misteriosamente desaparecido.

Dusco soñaba: ¡Adormecerle caliente como el oso! ¡Volar con él, como los pájaros! ¡Galopar hacia el sol como el bisonte o el ciervo o el caballo!

Se estuvo atormentando por haber dado vida a un cachorro tan indefenso y débil como el suyo hasta que lo pensó de pronto: él podría. También ellos podrían seguir al sol. Porque si era cierto que las plantas de los pies del hombre son blandas y corto su aliento en la carrera, sólo el hombre, constantamente, había inventado, modificado, perfeccionado sus modos de vida a partir de lo que encontraba a su alrededor.

Sabía ya lo que tenía que hacer: robar el galope al caballo, haciéndolo galopar a su servicio.

Duros fueron los primeros intentos y numerosas las caídas. Dusco se encaramaba a las ramas de un árbol y aguardaba paciente. Al pasar por debajo la manada se dejaba caer sobre el lomo de un caballo al galope. Poco aguantaba encima. Pero fue aprendiendo a agarrarse a las crines, a dominarlo con los talones, a tranquilizarle con palmadas, hasta que consiguió domarlo por completo.

Cuando llegaron los primeros hielos, Uxora, con el cachorro en brazos, montó a la grupa del caballo de Dusco sin el menor temor y los tres cabalgaron junto al sol.

Y así fue como Dusco, el padre de la tribu, domó por vez primera un caballo salvaje.

Y no volvió a gritar doliéndose nunca más de que el cachorro humano careciese de pezuñas, de alas y de peluda piel, porque él solo podría dominar el mundo.

II.   LA CAZA INTERRUMPIDA

Ségor se detiene, haciendo un gesto con la mano a su compañero, que Titul interpreta con seguro instinto de cazador, sin que sea preciso pronunciar palabra:

«¡Silencio!»

Apoya en el suelo el pie izquierdo que la orden había sorprendido en el aire, muy lentamente, evitando el chasquido de las hojas. Se agacha, tratando de esconderse mejor aún en la maleza y aguarda, tenso, concentrándose en la escucha. Nada. Tan solo el rumor familiar del bosque; el canto de un pájaro; zumbido de insectos; una ráfaga de aire que hace temblar las ramas; el cuco, que responde a lo lejos; una piña, que se desprende y cae, golpeando la roca... Tras de unos matorrales asoman las orejas de un conejo asustado.

¡Ahí está, a pocos pasos, la caza que buscaban!

La mano de Titul tiende instintivamente al arco,

pero no llega a atirantar la cuerda. El conejo salta y desaparece. ¿El ruido de la piña le hizo huir?

Por su parte Ségor permanece inmóvil, manteniendo el gesto que reclama silencio. ¿Qué es lo que llama su atención? Algo muy importante, para que así haya dejado escapar la caza.

Titul se adelanta y se coloca a su lado. Aun tan juntos como están, Ségor aguarda para hablar el momento en el que calma el aire, para que no pueda llegar lejos el rumor de sus palabras.

—¿No has oído? —cuchichea.

Con las mismas precauciones responde Titul:

—No, ¿Qué era?

¿Qué era? ¡Qué es! pues ahora el viento trae de nuevo el ruido que alertó en un principio a Ségor y que ahora los dos perciben claramente.

«¿Qué es? ¿Qué era?» —sigue preguntándose Titul cuando deja de oírse de nuevo. «¿Un galopar de caballos en libertad? ¿La fuga de una piara de jabalíes? ¿La pesada marcha del oso pardo?»

Pero no. Es un ruido formado por todo eso y algo más que se pierde y vuelve, deteniéndose con espacios de silencio que desorientan, pues cuando les parece a los muchachos haber aislado y reconocido alguno de los ruidos que lo componen, desaparece y es preciso comenzar de nuevo.

«¿Oso? ¿Caballo? ¿Jabalí?»

¿Cuál es la causa que puede provocar la huida de

estos animales? Sólo el incendio en el bosque produce una espantada general. Pero no hay fuego. Ni la más leve columna de humo corta el azul luminoso del cielo en todo lo que alcanza la vista.

Al ruido se suma ahora un temblor que los muchachos perciben en el suelo y en el aire.

«¿Habrá estallado, tan lejos que no llegan a verse en pleno día los relámpagos, una tormenta de fuertes truenos, que hace trepidar las montañas?

Titul no ha logrado aún interpretar el ruido cuando Ségor murmura en su oído una palabra capaz de asustar al más valiente cazador, pues despierta el eco de antiguos terrores:

—¿Majmú?

¿Estará en lo cierto su compañero? El ruido de tantos ruidos juntos —fiera, tormenta, temblor—, ¿anunciará el regreso del temido animal, antiguo señor de aquellas tierras, dominador del valle? ¿Se acerca aquél a quien ni siquiera Cau, el anciano jefe, alcanzó a ver en todas las largas lunas de su vida, pues cuentan que fue Dusco, el padre de la tribu el que por vez primera logró vencerlo?

Dicen que era el majmú un poderoso animal de cinco patas. Jamás usaba la que tenía delante de su cuerpo para apoyar como en las otras su tremenda mole de carne, sino que le servía para abrirse camino, arrancando de cuajo los árboles y hasta las mismas rocas que estorbaran su paso.

Aseguran que podía atrapar con esa quinta pata a cualquier animal y hasta el mismo hombre que osara hacerle frente, y estrellarlo sobre las rocas después de haberlo volteado en el aire.

Las flechas más afiladas resbalaban sobre su piel sin llegar a herirle. Y aun se contaba que le nacían dos cuchillos de piedra redondos y afilados junto a la boca, con los que remataba sus presas.

Entonces, el poderoso animal de cinco patas, señor del valle, celebraba su victoria lanzando un grito agudo y prolongado que hacía retemblar las rocas y obligaba a los cazadores a retirarse atemorizados a los abrigos de la montaña.

No era invención del miedo. El majmú había existido realmente. En el fondo del valle, donde antes hubo una inmensa laguna, se encontraban algunas veces bajo la arena sus cuchillos de piedra, redondeados y curvos, y tan perfectamente lisos y pulidos que cualquiera podía distinguirlos de las otras rocas, reconociendo su forma y su valor.

Uno había servido para labrar el bastón de Dusco, el padre de la tribu, el primero que había logrado vencer al poderoso animal. El mismo bastón adornado de plumas que ahora usaba el hechicero en las grandes ceremonias.

Tan sólo un pedacito de una de esas defensas de piedra, colgado al cuello de los cazadores bastaba para mantener su valor.

Los muchachos habían oído hablar muchas veces, con admiración y temblor, del poderoso animal de cinco patas. Con temor y enorme sorpresa repetía su nombre Titul:

—¿El majmú?

Parecía increíble, después de tantas lunas transcurridas desde su desaparición. Pero, ¿cómo interpretar si no ese ruido desconocido y cada vez más fuerte? ¿Regresaba ahora, desde el fondo del tiempo y se dirigía al claro del bosque en busca de la antigua laguna donde durante tanto tiempo había ejercido su dominio?

Titul esperaba su aparición sobrecogido, sin atreverse siquiera a tensar la cuerda de su arco. Además, ¿de qué hubiera servido? ¿No resbalaban sobre su piel las lanzas más pesadas? Sería inútil lanzar al aire unas cuantas flechas pequeñas, buenas tan sólo para cobrar conejos y llevar carne fresca a las mujeres del poblado.

El ruido se intensifica lentamente, aproximándose. Al rumor continuo se mezcla ahora un sonido agudo e intermitente que podría ser el grito de victoria del poderoso animal, según se conserva en la memoria de la tribu.

Los muchachos se interrogan con la mirada. La copa de un árbol permite escapar a la persecución del oso o del toro, pero no ofrecerá refugio contra el majmú, pues podía tumbar los árboles más fuertes empujando los troncos con su enorme mole y arrancarlos después de raíz con esa extraña y movediza quinta pata que solo él, entre todos los animales del valle, poseía.

Huir hacia el poblado es algo que no se debe hacer, pues las huellas pueden servir de pista al enemigo —sea hombre o fiera— para encontrar el lugar, poniendo en peligro a la tribu.

Hoy sería especialmente grave, pues los cazadores salieron hace cuatro soles en persecución de una manada de caballos salvajes y al amanecer, cuando los muchachos iniciaron la caza, aún no habían regresado.

Titul murmura al oído de su compañero:

—Podemos refugiarnos en los abrigos de la montaña, en las cuevas de los antiguos cazadores.

Ségor alza la mirada hacia las cumbres, titubeando. Se dice que las cuevas estaban a gran altura, escondidas entre los peñascos de las cumbres. Tal vez sirvan ahora de nido a las águilas. Puede que tengan las bocas cegadas por piedras o maleza. ¿Serán capaces de encontrarlas antes de que el peligro desconocido se haga al fin presente?

Titul insiste:

—¿Vamos? Las conozco bien. He subido solo algunas veces.

Ségor mira a su compañero, sorprendido.

Las cuevas de la montaña, como el majmú, forman parte de la memoria de la tribu, de las historias que cuenta el hechicero junto al fuego. Abandonaron los fértiles valles para encontrarlas. Se dice que estaban en muy altas montañas, pero nadie sabe dónde exactamente. ¡Habían pasado tantas lunas desde los tiempos en que Dusco, el padre de la tribu, reuniera por primera vez a los cazadores que vivían aislados en los abrigos de la montaña y levantara en el llano el primer poblado!

Desde entonces, la tribu había acampado en distintos lugares, buscando frutos y caza abundante. Ahora Cau les conducía de regreso a los orígenes, pero ni siquiera el anciano jefe sabía indicar con seguridad el sitio preciso. ¡Y resultaba que Titul, un muchacho de la tribu, no el más listo, ni el más audaz, ni el más fuerte de todos se había atrevido a escalar solo las montañas y aseguraba haberlas encontrado?

Decididamente, hoy era día de grandes sorpresas.

Pero no había tiempo que perder, pues la intensidad del ruido sigue creciendo:

—¡Sígueme! —ordena Titul, dando por aceptado su plan, mientras inicia el camino a través del valle hacia la falda de la más alta de las montañas.

Ségor obedece.

Caminan agachados, peinando tras de sí la hierba con las manos para borrar la huella de su paso.

Es una suerte que Ségor haya oído el ruido antes de iniciada la caza, pues el olor de la sangre fresca es un rastro difícil de borrar y habría denunciado su presencia.

Avanzan sin detenerse hasta que empiezan a espaciarse los árboles y la pendiente se hace más pronunciada. Titul propone ahora:

—Recogeremos algo de fruta, por si hemos de pasar algún tiempo escondidos allá arriba, en la cueva.

Bien pensado. Apenas se distingue vegetación en las alturas y es de temer que aún sea más difícil encontrar agua. Hay que asegurarse el necesario sustento para sobrevivir, una vez descartado el recurso de la caza. Preferible resulta gastar ahora algún tiempo recogiendo provisiones que sucumbir después al acoso del hambre.

—Está bien —responde Ségor poniéndose a la tarea.

Recogen nueces, manzanas y unas bayas jugosas que abundan en el paraje y les ayudarán a calmar la sed. Meten las provisiones en los sacos de piel previstos para la caza y avanzan hasta la ladera.

Antes de iniciar la subida alzan las cabezas: azul de cielo, gris de roca y blanco de hielo en las barrancas. Aquí y allá una sombra oscura que más parece nido de águilas que refugio de cazadores.

—¿Estás seguro de que las cuevas se abren por este lado? —pregunta Ségor, desconfiado.

—Sí —responde Titul—. Yo las he visto.

Ségor no sale de su asombro. ¡Tanto como se habían burlado de Titul por sus frecuentes desapariciones de la aldea, de las que siempre regresaba con las manos vacías! ¡Y ahora resultaba que, cuando todos creían que dejaba pasar el tiempo tumbado boca arriba viendo pasar las nubes, entregado a vagas ensoñaciones, descuidando el trabajo y olvidando la caza, Titul estaba escalando la montaña, tratando de encontrar los rastros de los antepasados! ¡Alcanzando él solo cimas reservadas a los jefes! ¡Escudriñando el pasado!

Ségor mira a su compañero con una admiración nueva, que le va creciendo por momentos.

—Pero entonces, ¿tú...?

—Ya te lo he dicho —responde Titul sencillamente—. Yo las he encontrado. Son muy seguras. Nos servirán de refugio hasta que pase el peligro.

Después de un breve descanso empiezan la subida. Serpentean siguiendo una grieta que les permite ascender a media ladera hasta que se vuelve tan estrecha y empinada que Ségor se detiene, desalentado:

—¿Estás seguro de haber subido hasta aquí?

—¡Y mucho más arriba! ¿Ves esas piedras? —dice señalando unas situadas muy por encima de sus cabezas—. Las puse yo, marcando el camino.

—¿Tú? —pregunta Ségor incrédulo—. ¿Cómo llegaste hasta ahí?

—Déjame pasar delante y te lo mostraré.

Se pega a la roca y empieza a escalar, agarrándose con las manos a los salientes y tanteando la grieta con los pies. Mientras, va diciendo a su compañero:

—¡No te fíes de los matojos! Apenas tienen raíces y como la tierra está muy seca, se arrancan al primer tirón. Busca mejor los bordes de la roca. Pero ¡cuidado! Asegúrate antes de apoyarte.

Así lo hace él, avanzando hacia la cumbre hasta sentir que al ruido constante que los acompaña a lo lejos desde esta mañana obligándoles a huir, se mezcla ahora otro, entrecortado y ronco. Se detiene, temiendo la proximidad de alguna alimaña y murmura:

—¿Oyes, Ségor?

Al no recibir respuesta, vuelve la cabeza. Ahora se da cuenta de que ha perdido de vista a su compañero. Sin duda la distancia entre los dos se ha ido haciendo cada vez mayor a medida que aumentaban las dificultades de la escalada y ahora debe estar oculto por un saliente de la roca.

Titul aguarda unos instantes, esperando verle aparecer de un momento a otro, pero el tiempo se prolonga demasiado y grita, alarmado:

—¡Ségor! ¿Qué te ocurre?

Al no recibir respuesta retrocede lo más deprisa posible y escucha una respiración entrecortada.

40

—¡Ségor! ¡No te muevas! ¡Te ayudaré! —dice procurando que el tono de su voz no refleje su temor.

Ségor se encuentra en un tramo especialmente escarpado, sin poder avanzar ni retroceder. De una ojeada Titul se da cuenta de la gravedad del caso. Ségor ha perdido por completo el apoyo de los pies e intenta mantenerse a pulso, con los hombros rígidos, tensos los brazos, encorvada la espalda, colgado de las manos. No podrá aguantar así mucho tiempo. Jadea angustiosamente y se balancea sobre la cortada, mientras sus pies arañan la roca, buscando inútilmente la grieta perdida.

No podrá encontrarla solo. Es preciso que Titul descienda más aún, hasta situarse por debajo y ofrecerle los hombros como seguro apoyo. La operación requiere tiempo y el jadeo se hace por instantes más entrecortado y angustioso. ¿Llegará a tiempo para evitar su caída?

Mientras desciende por la pared rocosa, Titul trata de tranquilizar a su compañero:

—Aguanta un poco más.

Ségor sacude la cabeza en gesto de impotencia.

—No te des por vencido —insiste—. Sigue buscando con los pies. Puede que encuentres un saliente.

Titul ha logrado ponerse ya a la altura de su compañero. Puede ver su cara pálida, las mandíbulas encajadas y los labios apretados, tenso todo el cuerpo en el esfuerzo.

Continúa hablándole, ahora casi al oído, haciéndole sentir su proximidad incluso en el aliento que le lanza al rostro.

—Estoy a tu lado y voy a seguir bajando. Podrás apoyarte en mis hombros y descansar todo el tiempo que sea necesario. ¿Me has oído, Ségor?

—¡Siíí! —responde al fin Ségor, haciendo un gran esfuerzo.

Más que respuesta es un suspiro, pero con el «sí» parece que se le escapa por la rendija de los labios gran parte del temor y la angustia que le atenazaban. Después, y ya con la boca abierta, a la espiración de la respuesta sigue necesariamente una larga aspiración. Se llenan sus pulmones con una bocanada de aire fresco que le reconforta, dándole nuevas fuerzas. Aún sigue colgado a pulso de las manos, pero ya ha desaparecido el anterior jadeo. Recobrando el ritmo de la respiración podrá resistir el tiempo que Titul necesite para situarse justo debajo y ofrecerle el apoyo de sus hombros.

Sabiendo que tendrá que soportar doble peso se asegura bien antes de indicar a su compañero:

—¡Ahora!

Ahí están los pies de Ségor, heridos en un inútil arañar la roca, a la altura de los ojos de Titul.

—Un poco más a la derecha. ¡Más! Eso que rozas es mi oreja. Te falta poco para alcanzar los hombros. ¡Ahora! ¡Apóyate sin miedo! ¡Muy bien!

Titul aguanta el peso y asegura su posición, pegándose más aún a la roca.

—Trata ahora de repartir el peso entre manos y pies. Afloja la tensión de la espalda. ¿Ya? Suelta una mano y muévela despacio. Abre y cierra los dedos lentamente.

Parece que Ségor se va tranquilizando.

—¿Cómo estás? —insiste Titul.

—Mejor.

—¡Estupendo! Ahora la otra mano. Mueve también la cabeza y descansa. No hay prisa. Podemos estar aquí todo el tiempo que haga falta.

De pronto, los pies de Ségor vuelven a tensarse. Grita:

—¡Las rodillas! ¡Las rodillas!

—¿Te duelen mucho? Aguanta un poco más. Ya están muy cerca las cuevas. Llegaremos. Puedes estar seguro. Incluso podría continuar la subida, llevándote sobre mis hombros, si fuera necesario.

Pero Ségor insiste:

—¡Las rodillas! ¡La pared está cediendo a la altura de mis rodillas!

¿Qué está ocurriendo ahora? ¿Las angustias pasadas le hacen imaginar a Ségor nuevos e irreales peligros? ¿O se trata en verdad de un desprendimiento?

—La roca se hunde. ¡Me voy a despeñar! —grita Ségor.

Afortunadamente, las que sirven de apoyo a Titul se mantienen sólidamente unidas a la montaña, al menos por ahora. Pero es preciso conocer la situación. Con sumo cuidado Titul suelta una mano y la alza por encima de su cabeza, palpando las rocas y tratando de evitar que se le caigan encima.

—¡Hacia adentro! ¡Se están hundiendo hacia adentro! —explica Ségor.

—¿Hacia adentro? Entonces ¡estamos salvados! —grita Titul.

Con la única mano que tiene libre empieza a golpear con fuerza la pared rocosa, explicando:

—¿Te das cuenta, Ségor? Si hay cuevas un poco más arriba, ¿por qué no puede haber una aquí mismo? ¡Menuda suerte, si la hemos encontrado! Estas rocas que ceden pueden estar tapando una entrada. ¡Vamos a quitarlas! ¡Ayúdame tú también! Empuja fuerte con las rodillas. ¡Más fuerte! ¡Más!

Confirmando la suposición de Titul, el muro rocoso suena a hueco. Siguen golpeando hasta romperlo. Un agujero negro se abre ahora entre las piernas de Ségor y la cabeza de Titul, que exclama:

—¿No te lo dije? ¡La boca de una cueva! ¡La hemos encontrado!

Titul desprende algunas piedras más de los bordes e introduce el brazo. El suelo, en toda la superficie que consigue palpar, aparece llano y firme, recubierto de musgo. Ni aún alargando lo más posible la mano se llega a tocar la pared del fondo. El interior apenas se distingue, porque está poniéndose el sol y es escasa la luz que entra por el agujero, pero al menos parece lo suficientemente espacioso como para albergar a los dos muchachos.

Terminada esta primera inspección, Titul informa:

—El suelo parece firme, las paredes están secas y si alguna vez sirvió como guarida de alimañas o nido de águilas en este momento está vacía. Nos servirá perfectamente como refugio. Entra tú primero, Ségor.

Obedeciendo la orden, los pies de Ségor pasan de los hombros de Titul al piso de la cueva. Se arrodilla después, de lado, y termina por introducirse arrastrándose hacia atrás. Aún está tanteando las negruras del fondo cuando oye a su compañero:

—Titul, ¡mira! ¡Es increíble! ¡Mira!

La voz tiembla de admiración y sorpresa.

Las dificultades de la escalada les habían impedido en todo este tiempo volver la cabeza y observar el valle. Ahora, en la primera ojeada, Ségor descubre la causa del ruido.

—¡Mira ahí, al fondo del desfiladero! ¡Menos mal que escapamos a tiempo!

Pero Titul se encuentra todavía en las tinieblas del interior. Se incorpora a medias e intenta asomarse.

—¡Mira! —insiste Ségor—. ¡Es fantástico!

—¿Cómo quieres que mire, si no me dejas un hueco libre? —protesta Titul.

Todavía forcejeando, pregunta:

—¿Es el majmú?

—¡Hay muchos! —dice Ségor, sin contestar directamente a la pregunta—. Los dedos de las manos y los pies de cinco hombres no bastan para contarlos.

¿Cien majmús, de pronto, en un valle del que habían desaparecido hacía tanto tiempo? No es extraño que Ségor se muestre tan excitado.

—¿Los de varios hombres? —pregunta Titul.

—Más aún —responde Ségor—. Siguen entrando en el valle sin parar, por el desfiladero.

Todavía en tinieblas, tratando inútilmente de hacerse un hueco por donde asomarse, Titul se impacienta:

—¡Apártate un poco! ¡Yo también quiero verlos!

Empuja, y Ségor se resiste. Con los embites de la pelea se desprenden de la boca de la cueva unas cuantas piedras, que caen rodando hasta el fondo del valle, rebotando en la ladera.

Titul intenta aprovechar el hueco libre pero Ségor le obliga a permanecer dentro, retrocediendo él mismo.

—La caída de esas piedras ha podido denunciar nuestra presencia. ¿No te das cuenta? ¡Escóndete!

Titul forcejea, protestando:

—¿Qué importancia tiene que nos vean? Aquí, en la altura, estamos a salvo. ¿Acaso has oído contar alguna vez que el poderoso animal de cinco patas fuera también capaz de trepar?

—¿El poderoso animal de cinco patas? —replica Ségor, extrañado—. ¿Por qué hablas del majmú ahora?

—Tú lo has nombrado antes.

—¿Yo?

—Hace un momento. Asegurabas que había muchos en el valle y que seguían entrando más por el desfiladero.

Ségor se echa a reír a carcajadas:

—¡Pero si no son majmús!

Hay un poco de burla en la risa y las palabras. Ya no se acuerda Ségor de cuando, momentos antes, jadeaba de miedo en la subida. Entonces no se reía. Pero Ségor termina siempre por vencer con las palabras, piensa Titul, fastidiado.

Permanecen todavía los muchachos un buen rato escondidos pero al fin puede más su curiosidad y vuelven a asomarse hacia el valle. Los dos esta vez.

Titul no puede contener un grito de asombro.

Tenía razón Ségor. Son muchos. No hay manos ni pies bastantes en el poblado para contarlos y aún siguen entrando. Pero no son majmús. Son el grupo de hombres más numeroso que Titul haya visto en su vida. Están vestidos de una manera extraña y se comportan de una manera extraña.

Cazadores no son, pues el estruendo que produce su marcha basta para espantar toda la caza del valle, como espantó aquellos dos conejos que saltaron a los pies de los muchachos esta mañana. No fue la caída de una piña. Fue el ruido del tumulto que se acercaba lo que les hizo huir.

Tampoco parece tratarse de una tribu en busca de un lugar apropiado donde establecerse, pues no se ven entre ellos niños ni mujeres.

Abren la marcha unos pocos hombres a caballo. Los demás caminan en apretadas filas, levantando una nube de polvo, sin preocuparse de borrar sus huellas. Al contrario. Parece que quieran fijarlas y ensancharlas. De vez en cuando se detienen los de a caballo mientras los hombres de a pie arrastran a un lado las piedras que dificultan el paso o arrancan los matorrales. ¡Con lo fácil que sería dar un rodeo! Pero no. Los hombres de a caballo avanzan de frente, sin desviarse a un lado ni a otro.

Titul señala el desfiladero:

—¿Qué es eso? ¿Un poblado en marcha?

Algo parecido al menos. Lentamente entran en el valle grupos de caballos arrastrando unas casetas de madera que se deslizan sobre el terreno, tambaleándose.

Cierra la marcha otro grupo de hombres a caballo, de los que se adelanta uno para alcanzar al galope a los que van en cabeza. Se oye el sonido agudo que Titul confundió antes con el grito del majmú y todos los hombres se detienen, deshaciendo las filas.

En seguida emprenden diversos trabajos: algunos extienden en el suelo grandes trozos de piel y los levantan con ayuda de las lanzas formando en un momento un poblado de cabañas improvisadas en un orden perfecto; otros encienden fogatas y ponen a asar grandes trozos de carne; unos pocos atienden a los caballos.

Más tarde, terminada la comida, vuelven a resonar los sones agudos y a un mismo tiempo los hombres cubren de ceniza las fogatas y se retiran a descansar. Tan sólo unos pocos permanecen en pie, dando vueltas en torno al improvisado poblado, como si estuvieran vigilando. Pero ni siquiera ahora se quedan escondidos y silenciosos. Van de un lado para otro, haciendo entrechocar las armas y cuando se cruzan entre ellos, se saludan en voz alta.

Titul contempla con creciente asombro a aquellos hombres cuyo modo de actuar rompe con todas las enseñanzas y costumbres de la tribu. Agazapado en una cueva que tal vez, hace mucho tiempo, sirvió de refugio a sus antepasados, estrena un miedo nuevo que le paraliza: el miedo a lo desconocido.

De sus labios se escapan preguntas sin fin:

—¿Qué buscan aquí todos estos hombres? ¿De

dónde han venido? ¿Se quedarán a vivir en el valle o seguirán mañana su camino?

Preguntas para las que ni siquiera esperaba respuesta.

Pero una vez más Ségor se muestra señor de las palabras y cuando Titul añade:

—¿Quiénes son estos hombres?

Ségor extiende la mano hacia el fondo del valle y dice:

—Los romanos.

Una palabra que Titul no ha oído antes jamás. La repite trabajosamente:

—¿Ro-ma-nos?

—Sí —responde Ségor como si ninguna otra explicación fuera necesaria.

El mamut

... entonces Dusco, el padre de la tribu, cuando se secaron los arroyos de la montaña y la tribu gemía, sedienta a la vista del agua, se enfrentó con el mamut, el poderoso animal de cinco patas que habitaba en el valle junto a la gran laguna, alimentándose con los hierbazales de sus orillas.

El mamut guardaba celosamente su territorio. Espantaba a los bisontes, a los caballos y los ciervos cuando bajaban a beber e impedían que los hombres se aproximaran al agua. Algunos habían encontrado la muerte cuando estaban llenando un cuenco de barro con el precioso líquido para mantener la vida de un pobre cachorro humano moribundo. Otros se habían salvado gracias a su rapidez en la huida.

Dusco habló a los cazadores junto al fuego, pero se negaron a tomar parte en el ataque. Le acompañaron de lejos, observando sus movimientos.

Vieron cómo Dusco encendió una tea en la hoguera y descendió hasta el valle. Amontonó ramaje y gran cantidad de piñas secas cerca de la laguna y aguardó, escondido, a que el poderoso animal de cinco patas terminara de alimentarse en los hierbazales de la orilla, arrancando matas y frutos con su pata movediza y masticándolas ruidosamente con sus enormes muelas. Largo rato duró la operación, pues un animal tan grande necesita mucho pasto para llenar la panza.

Una vez satisfecho se internó en la laguna y además de beber empezó a refrescarse, lanzándose chorros sobre el lomo y moviendo las orejas satisfecho.

Por último se dirigió a la orilla, pero nunca pudo ya alcanzarla porque éste era el momento elegido por Dusco para atacarle.

Prendió el ramaje con su antorcha y acercó las piñas a la hoguera. En cuanto empezaban a chisporrotear por una punta las lanzaba en llamas hacia el mamut, como en una lluvia de fuego.

El poderoso animal de cinco patas empezó a retroceder, asustado, adentrándose más y más en la laguna.

Los cazadores corrieron en ayuda de Dusco lanzando gritos a los que respondió el mamut enfurecido, pateando el fango y tratando de defenderse con su quinta pata de las bolas de fuego que le cercaban pero cuando logró atrapar una en el aire, lanzó un grito de dolor que atronó el valle e hizo retroceder por un momento a los cazadores.

Suerte que Dusco permaneció en el ataque, manteniendo al mamut en el interior de la laguna.

No sólo los cazadores, también las mujeres y los niños ayudaron al cerco. Estuvieron bajo el sol y bajo la luna turnándose para acosarle sin tregua, impidiéndole con gritos y fuego que se aproximara a los hierbazales de la orilla.

Privado de la enorme cantidad de hierba que necesita para alimentarse, fue debilitándose poco a poco. Empujado por el hambre, hacía esfuerzos terribles para salir del agua, pateaba en el mismo sitio y sólo conseguía hundirse cada vez más en el barro hasta quedar aprisionado en el fondo fangoso de la laguna.

Todos los esfuerzos del mamut para librarse del acoso del hombre, de las torturas del hambre, de la trampa del barro, resultaron

inútiles. Terminó desplomándose, vencido, en la laguna a corta distancia de la orilla.

Niños, mujeres, hombres corrieron, gritando, a saciar su sed en el agua azul de la laguna. Despedazaron el enorme animal y arrancaron sus brillantes cuchillos. Hubo carne y grasa en abundancia durante muchos soles, fabricaron cueros y cuerdas resistentes con la piel y los nervios. Se labró el bastón de mando de Dusco que pasó después a manos de los hechiceros y cada uno de los cazadores recibió un pedacito de los cuchillos de piedra del mamut, cuyo contacto devuelve el valor en los peligros.

Así fue como Dusco, el padre de la tribu, venció al poderoso animal de cinco patas, con ayuda del agua y el fuego.

III. LA CUEVA DE LOS ORIGENES

Titul creyó al principio que todo aquello pertenecía aún a las sombras de la noche, a la memoria de la tribu que tan vivamente le había visitado durante el sueño. Pero no. Hacía ya un buen rato que estaba despierto y no podía dudar de la realidad de esas imágenes.

Un rayo de sol naciente entraba rasando la boca de la cueva de abajo a arriba, iluminando vivamente las paredes terrosas y el techo de la caverna. El techo, sobre todo.

Allí, aprovechando el saliente de las rocas para conseguir un efecto de elemental relieve, pintadas en tonos ocre, amarillo, blanco y rojo, contorneadas por una línea negra, se distinguían con toda claridad figuras de animales que Titul conocía bien, pues pertenecían a la fauna de los alrededores como el caballo, el reno, el ciervo, el toro y el perro; y de otros, ya desaparecidos, que el muchacho reconocía a través de las descripciones de los cazadores ancianos, como el bisonte, antepasado del toro, el gato salvaje de gran tamaño o el mamut.

Están allí en el techo, representados en las más diversas posturas: galopando, con la cabeza agachada, dobladas las patas de delante y las de atrás hacia el mismo punto, casi rozando el vientre, en pleno galope; olfateando el peligro con la cabeza vuelta y las orejas tiesas; luchando unos con otros o en reposo, amamantando las crías. Incluso se ven algunos heridos, sangrando allí por donde les habían alcanzado las flechas de los cazadores, bramando de dolor con el hocico abierto y los ojos espantados, o derrumbados en el suelo, vencidos definitivamente.

Mezcladas con los dibujos de animales y diseminadas también por las paredes de la cueva se ven formas distintas, manchas de color semiborradas por el tiempo, que podían confundirse con las tonalidades naturales de la roca. Fijándose bien, Titul descubre que la mayoría son siluetas de manos humanas, con los dedos abiertos, pintadas de blanco o simplemente conservando el color del fondo, que se destacan contorneadas en rojo o en negro.

Los dibujos de animales que recubren el techo ofrecen un aspecto tan real, y al mismo tiempo el conjunto del interior de la caverna es tan sorprendente que Titul pasa largo tiempo tumbado en el suelo, boca arriba, contemplándolo, sin pensar siquiera en despertar a su compañero para mostrárselo.

Ahora sí que podía estar seguro Titul de haber encontrado los abrigos de los antiguos cazadores.

No era ésta la primera cueva que exploraba, pero las que había visitado antes, después de haberlas registrado cuidadosamente con una tea encendida, no presentaban más que algunos indicios que permitieran sospechar que, tiempo atrás, hubieran sido utilizadas como vivienda de seres humanos. Estos indicios eran: manchas oscuras en la pared, que hacían suponer la existencia de una hoguera; montones de huesos triturados de animales, que podían ser restos de la comida de los primitivos cazadores; el boquete de la puerta, ensanchado artificialmente o algunas piedras de forma extraña, que parecían haber sido talladas groseramente a golpes para formar la hoja de un cuchillo o un hacha.

Claro que éstos eran indicios de discutible valor, porque también los animales modifican el medio para construir sus guaridas y amontonan restos de comida en un lugar determinado, de modo que se encuentran huesos en los nidos del águila y montones de cáscaras de nueces o avellanas junto a las madrigueras de las ardillas. Cierto que la mancha de humo y los instrumentos tallados sólo habían podido ser producidos por el hombre, pero quedaba por comprobar si se trataba en realidad de humo y utensilios.

Por eso, Titul no había comunicado a nadie sus anteriores descubrimientos. Necesitaba estar completamente seguro de haber encontrado los abrigos de los antiguos cazadores antes de comunicárselo a la tribu.

Los dibujos que contemplaba ahora eran la prueba definitiva. Ya no podía seguir dudando.

Titul recorrió el interior de la cueva con la mirada, buscando figuras de seres humanos sin encontrarlas. Sólo animales colocados unos al lado de otros, unos encima de otros, rozándose, superponiéndose, entrecruzándose, y las siluetas fuertemente contorneadas de las manos.

¿Alguna de esas manos correspondía tal vez a la mano de Dusco, el padre de la tribu? ¿Acaso aquélla, ancha y fuerte, de largos dedos? ¿O esa otra, más corta, que presentaba la mano entrecerrada y los dedos curvados, como una garra? ¿O aquélla, que aparecía entre las patas del ciervo herido, haciendo destacar el gris de la piedra con el rojo de la pintura que la recortaba?

Pensativo, Titul se incorpora, alza su mano derecha y va colocándose encima de cada una de esas huellas, tratando de encontrar alguna en la que encaje exactamente, como si buscase un amigo a través de los tiempos.

La cueva es grande. Al fondo de esta primera estancia se abre un pasadizo en la roca por el que

Titul se interna, arrastrándose, pero que abandona al poco al no encontrar nuevas pinturas.

Tanteando está todavía las paredes cuando Ségor, avanzado ya el día y alto el sol, al fin se despierta:

—¿Qué ha pasado ahí afuera? —es su primer saludo.

¿Ahí afuera? ¡Ah, sí! ¡Naturalmente! Ahí afuera. Tiene razón su compañero. ¿Qué habrá pasado ahí afuera? Porque en el valle solitario hasta ayer mismo, se encuentran ahora acampados —¿cómo dijo Ségor que se llamaban?— ¡los romanos!

Titul, sorprendido por las pinturas de la cueva, no ha tenido tiempo de lanzarles aún una mirada.

Ségor, por el contrario, se arrastra hacia la abertura sin perder un instante.

El campamento de los romanos, mediado ya el día, parece un hormiguero. Los hombres van y vienen, descargan las cabañas rodantes, alisan el terreno en el interior y cavan una zanja en torno al campamento que sólo se interrumpe en cuatro sitios, enfrentados en forma de cruz. Delante de esas cuatro entradas, los romanos montan guardia.

—¡Qué agitación! ¡Qué prisas! ¡Qué modos de trabajar! Se diría que piensan quedarse aquí para siempre. ¡Fíjate cómo se agolpan en las entradas, con lo fácil que sería saltar la zanja! ¿Te das cuenta? ¡Verdaderamente, los romanos hacen cosas extrañas! ¿No te parece, Titul? ¡Titul! ¿No me oyes?

Ségor se vuelve y sorprende a su compañero palpando la pared con las manos abiertas. Recordando las circunstancias de la escalada, se sobresalta.

—¿Qué ocurre, Titul? ¿Qué estás haciendo? ¿Acaso cede la roca? ¿O tiembla? ¿Has notado durante la noche algún desprendimiento? ¿Temes que se desplomen las paredes? —pregunta, reviviendo la angustia de la tarde anterior.

—Nada de eso. La cueva es muy sólida. Existe desde hace tiempo y seguirá más.

—Entonces, ¿qué estabas mirando?

—Buscaba las huellas de Dusco, el padre de la tribu —anuncia Titul, solemnemente.

—¿Quééé?

Vueve Titul a palpar las paredes y responde:

—Busco también el calco de mi propia mano entre las huellas dejadas en la piedra por las manos de los cazadores de los tiempos antiguos.

Ségor no entiende nada y protesta:

—Pero ¡Titul! ¿Con qué sales ahora? ¿De qué estás hablando? Tenemos escasos alimentos, nada de agua y todo un ejército romano acampado en el valle. Estamos atrapados como conejos en la madriguera con el zorro a la puerta, peligran nuestras vidas, sobre el poblado se cierne la amenaza... ¡Y justo en este momento tú te pones a decir cosas extrañas! ¿Quieres explicarme de una vez qué es lo que ocurre con esa pared?

—Acércate y lo verás tú mismo.

La luz, en el interior de la caverna ha ido cambiando lentamente poco a poco. Los rayos del sol, que al amanecer entraban en la cueva casi horizontalmente, iluminándola hasta el fondo, ahora, en la perpendicular del medio día caen a plomo sobre la abertura, dejando el techo en sombra, y las paredes laterales en la penumbra. En contraste con la luz de fuera apenas se destacan ahora los dibujos entre los grises y pardos de las rocas. Aun así, acercándose mucho, se distinguen las siluetas de las manos y hasta las figuras de animales pintadas en el techo.

Titul se las enseña a su compañero, contorneando las siluetas con el dedo, como si las estuviera él mismo trazando en este momento.

—¿Los ves por fin, Ségor? Son dibujos. Dibujos hechos en la roca con tierras de colores, grasa animal y humo. ¡Fíjate en ese ciervo! Sin duda el cazador lo estuvo mirando largo rato, antes de lanzar una flecha. Por eso ha sabido copiarlo exactamente. Pues, ¿y el caballo sorprendido en pleno galope? ¡Si parece que va a escaparse de la roca!

Suerte que la abertura de la cueva estuviera cegada, pues así no ha sido utilizada por ningún animal como madriguera. Y que sea tan seca: ni una mancha de humedad; ni una brizna de musgo en las paredes. Gracias a esto los dibujos se han conservado perfectamente. Están como si terminaran de pintarse en este momento. Y ha pasado mucho, muchísimo tiempo.

Ségor admira el descubrimiento, fijándose en nuevos detalles, a pesar de la escasa luz:

—¡Lástima no tener unas brasas para prender una antorcha! ¿Te has fijado en este rincón? No son árboles, como me parecía. Son dos ciervos topándose, con las cornamentas entrelazadas. ¡Cómo luchan para conseguir el mando! Son unos dibujos preciosos, ¿quién los habrá hecho?

Titul responde, exaltado:

—¿Pero todavía no te has dado cuenta, Ségor? Los dibujaron los cazadores de los tiempos antiguos, los que conocieron al bisonte y el reno.

—¡Es verdad! Aquí están pintados.

—Nos encontramos en una de esas cuevas de la montaña de las que salieron los cazadores para formar nuestra tribu —termina Titul, solemne.

Pero Ségor, por muy sorprendido y admirado que esté, no deja de preocuparse por el presente.

—Pues a ver cómo nos las arreglaremos para salir nosotros ahora —murmura para sí.

Titul ni le oye siquiera.

—Puede que el mismo Dusco, el padre de la tribu, haya habitado en esta cueva, puede que alguna de estas manos sea la huella de su mano. ¡Las manos que vencieron al majmú, conquistaron el fuego, dominaron el agua!

Ségor sigue rumiando sus preocupaciones:

—Me gustaría saber cómo se las arreglaría Dusco para vencer ahora a los romanos —dice, inquieto.

La verdad es que Titul esperaba mayor entusiasmo. En vez de exclamaciones y gritos de sorpresa sólo oye comentarios entre dientes, que no parecen expresar alegría precisamente.

Achaca la frialdad de su compañero a la escasa luz, que no le permite admirar el conjunto de las pinturas en todo su esplendor. Insiste:

—Tendrías que haberlas visto al amanecer, cuando el sol entra en el interior de la cueva y la ilumina como una llama.

—Amaneceres de sobra tendremos para admirarlo como no se nos ocurra el medio de escapar sin que nos atrapen los de abajo —replica Ségor.

Ni aun ahora consigue volver Titul a la realidad del peligro presente, tan fuerte es su emoción:

—¿No te das cuenta, Ségor? ¡Éste es el lugar que estábamos buscando! Cau nos condujo hasta el valle, pero nosotros lo hemos encontrado. ¡Corramos a anunciárselo a todos los habitantes del poblado!

Ségor no puede más. Agarra a Titul por un brazo y lo sacude con violencia, lanzándole al rostro terribles verdades.

Grita, exasperado:

—¡Sí! ¡Buena idea! ¡Corramos a anunciárselo a la tribu! Pero ¡mira allí abajo! ¿Qué crees que van a hacer los romanos cuando nos vean aparecer en el valle? ¿Recibirnos triunfalmente con músicas? ¡No! ¡Seguro que no!

—¿Entonces?

—Si nos atrapan, estamos perdidos. Nos cogerán prisioneros, harán que les guiemos al poblado...

—¡Eso, nunca! —dice Titul, resuelto.

—... o nos pondrán al servicio de los soldados. Aun suponiendo que logremos salir de aquí sin que nos vean los romanos y llegar al poblado sanos y salvos, lo que veo difícil, ¿qué acogida tendremos? Recuerda la norma: no marcharse, no permanecer alejado del grupo sin la orden del jefe. ¿Qué fue lo que Cau nos recomendó más vivamente? Que regresáramos, con caza o sin ella, antes de la caída del sol. ¡Ya hemos pasado una luna fuera y quién sabe los soles y las lunas que nos esperan de estar solos, escondidos en esta cueva!

—Puede que tenga otra salida... —dice Titul.

—Puede —corta Ségor—. Pero si llegamos con vida podemos ser acusados por Nasco, juzgados por Cau y expulsados para siempre de la tribu.

—¡No! —grita Titul rechazando la idea—. Llevamos una gran nueva: el descubrimiento de estas pinturas, con las huellas de los antiguos cazadores, con la mano de Dusco tal vez silueteada en las paredes. ¡Los orígenes de la tribu, que estábamos buscando! —termina exaltado.

Pero de nuevo Ségor le hace volver a la realidad.

—Otra terrible nueva hemos de anunciar. ¿Cuál de las dos preferirá la tribu: el descubrimiento de esta cueva o la proximidad de los romanos? Piénsalo, Titul. ¿Qué puede importar más a la tribu, el recuerdo de sus orígenes o la amenaza de su destrucción?

—¿Destrucción?

—¿Ves esos palos, esos cuchillos, esos redondeles? —continúa Ségor, implacable—. ¡No son útiles de caza! ¡Son lanzas, espadas, escudos! ¡Armas de guerra! ¡Instrumentos de ataque! ¡Medios de conquista! Los usarán contra la tribu, si ofrece resistencia. Los usarán contra nosotros, Titul, si nos descubren agazapados en esta caverna o nos atrapan cuando intentemos llegar hasta el poblado. Si llegamos allí, seremos juzgados por rebeldía.

Ségor tiene razón. La situación de los muchachos es verdaderamente comprometida. ¿Qué hacer? ¿Dejarse atrapar por los romanos? ¿Arrostrar la ira del jefe? ¿Dejarse morir de hambre en la caverna?

—Tenemos que avisar a la tribu del peligro —decide Titul.

—Lo mismo pienso yo —dice Ségor, cabizbajo—. Pero tanto los hombres del poblado como los que están acampados allí abajo nos mirarán como a enemigos.

—¿Enemigos? —repite Titul como un eco, insistiendo en la palabra cuyo sentido se le escapa.

—Hace tiempo que los romanos lo son. Hace tiempo que lo fuimos. ¿Has visto la cicatriz que cruza las espaldas de Cau? No es la huella de una peligrosa partida de caza. No fue la zarpa del oso pardo, sino la espada de un soldado romano lo que se la produjo. Cuando Cau era de nuestra edad, los hombres de nuestra tribu se enfrentaron con los romanos y fueron vencidos. El jefe murió y Cau, su hijo, malherido dio tres veces la vuelta en torno al fuego a hombros de los supervivientes. Terminada la ceremonia que le nombraba jefe, reunió a los suyos y entre todos decidieron abandonar los prósperos llanos al avance enemigo. Desde entonces nuestra tribu no ha hecho más que huir, caminar sin descanso, retirarse a las montañas, esconderse en valles cada vez más pequeños y altos, tratando de escapar a los romanos.

Titul empieza a comprender muchas cosas, pero la realidad es tan dolorosa que se aferra a la duda.

—Y tú, ¿cómo sabes todas estas cosas?

—Me las contó mi abuelo. Ya lo conoces, es muy viejo. Mi abuelo y Cau son los únicos que viven todavía de todos los que tomaron parte en la lucha. Por eso sabe lo ocurrido. Me lo contó la misma noche que Verges fue acusado por Nasco junto al fuego. Me dijo que fuera prudente, que era peligroso que un muchacho conociera secretos que ocultan el jefe y el hechicero, que sólo debía hablar en caso extremo pero que ya es muy viejo y era preciso que al menos uno de los miembros de la tribu, uno cualquiera, además de los que la dirigen, conozca la verdad.

—¿Y sólo tú, Ségor, sabes lo ocurrido?

—No estoy seguro. Casi todos los que se enfrentaron con los romanos murieron. Argos, el hierbatero, tal vez lo sabe o lo sospecha. Sabe curar heridas y tiene que darse cuenta que la cicatriz de Cau no recuerda la lucha con un oso. El padre de Verges fue de los que murieron sin regresar de la batalla. Después de la derrota Cau amenazó con arrojar de la tribu a todo aquel que osara pronunciar en voz alta el nombre de «romano». Tan solo esta palabra y caería sobre él el castigo. Nasco le apoya. Por eso mi abuelo calló toda la vida, temeroso. ¿Qué hacer, si la tribu le rechazaba y los romanos le seguían considerando su enemigo? ¿Hacia dónde volverse?

—¿Y los demás?

—También callaron. Dice mi abuelo que las mujeres deseaban paz y los hombres olvidar su derrota. Aceptaron la decisión de Cau y la tribu empezó a retirarse hacia las montañas. Desde entonces ha pasado mucho tiempo.

—¿Por qué rompió tu abuelo el silencio? ¿Por qué decidió contarte ahora algo tan grave?

Ségor se sobresalta, atemorizado.

—No nos descubrirás, ¿verdad? ¡No irás a acusarnos delante de Cau!

—¿Por qué? —insiste Titul, sin prometer nada—. ¡Responde!

—Teme que los nuevos caballos puedan utilizarse para luchar otra vez con los romanos. O para seguir huyendo. En un caso o en otro piensa que la decisión es demasiado importante. Quiere que yo pueda decidir por mí mismo, conociendo, los hechos, porque ni Nasco, ni Cau, ni el mismo Verges, si es que lo sabe —y mi abuelo supone que sí— dirán a la tribu toda la verdad. Por eso me lo contó. Para que yo pueda decidir, llegado el momento.

Titul reflexiona unos instantes. Y plantea el problema:

—El momento ha llegado —dice, señalando el campamento romano—. ¿Qué decides ahora?

Ségor cambia «el momento» por «este momento» y responde:

—En este momento tenemos que volver al poblado y contar a la tribu lo que ocurre: los romanos han llegado hasta aquí.

Titul se da cuenta de que la respuesta de Ségor no ataca la raíz del problema, pero de momento es suficiente. Coincide con su propia opinión: la tribu necesita saber. Aunque tengan que arriesgarse a un doble peligro.

Titul aprueba:

—Tienes razón. No hay tiempo que perder. ¡Salgamos de aquí!

—Pero ¿cómo? —plantea Ségor—. El descenso por la pared rocosa, además de ser muy difícil, equivale a entregarnos en manos del enemigo. No podremos bajar sin que nos vean.

—¿Ves ese agujero del fondo? Termina en un pasadizo por el que podremos avanzar a rastras. Puede que se alargue la cueva hasta el otro lado de la montaña.

—Buscaremos otra salida —responde Ségor, esperanzado.

Y ahora no parece referirse solo a «este» momento.

La tribu

... entonces Dusco, el padre de la tribu, cuando le sorprendió el gran estrépito, se arrojó temblando al suelo de su cueva mientras la tierra vacilaba.

Cuando la tierra se detuvo, Dusco temblaba todavía, porque el hombre puede vencer al mamut y robar el fuego a las serpientes de la tormenta y hacer del agua su aliado, pero no puede luchar contra la piedra. La piedra enorme y enemiga taponaba ahora lo que había sido la entrada de su cueva, donde momentos antes brillanba el sol.

Con la cara en tierra estuvo Dusco largo rato esperando que su aliento se apagase como el fuego, en un último chisporroteo. Pero un hilillo de aire le llegaba desde el fondo de la cueva, llamándole.

Dusco se arrastró por el suelo de una cueva desconocida que se alzaba, se retorcía.

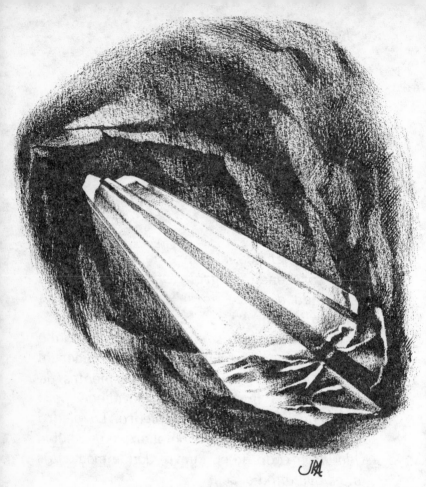

se estrechaba, guiado siempre por el hilillo de aire que tiraba de él hacia adelante, obligándole a avanzar sin descanso.

El hilo de aire tenía atado en la punta un rayo de sol. Tratando de alcanzarlo Dusco cruzó el interior del monte, hasta salir de nuevo a la mañana.

74

Un valle nuevo se abría a sus pies. Las laderas estaban pobladas de árboles. En el fondo, el azul de una laguna le hizo levantar los ojos, para comprobar que el cielo no se había desplomado con el gran estrépito y que seguía allí arriba, cobijándole en paz.

Agradeció entonces al aire su ayuda, aspirando una gran bocanada, y miró al sol de frente y se alejó de la piedra para siempre.

Descendió al valle, recogió hojas y ramas y trenzándolas, levantó la primera cabaña. A otros ayudó para que también las levantaran.

Así fue como Dusco, el padre de la tribu, reunió a los grupos dispersos en las cuevas, los libró de la piedra enemiga y levantó el primer poblado.

IV. EL CAZADOR HERIDO

La cabaña de Argos, el hierbatero, es la última del poblado.

Así es como le conviene, porque Argos, después de haber realizado durante el día las tareas que la tribu le encomienda sale al bosque y recoge hierbas cuyas propiedades curativas sólo él conoce, con las que prepara cocimientos y emplastos que curan las llagas y devuelven la salud a los enfermos.

De noche, cuando ya todos duermen, se entretiene durante largo rato con sus hierbas, seleccionándolas, secándolas al calor de las brasas para que se conserven bien, almacenándolas en saquitos de piel o tazones de barro que tapa con cortezas de árbol y las guarda después, disimuladas entre los enseres de su vivienda.

Siempre trabaja Argos a escondidas porque Nasco está celoso de su creciente influencia en el grupo y asegura que las hierbas de nada valen contra los espíritus enemigos que causan la enfermedad, a los que sólo el hechicero puede ahuyentar con sus poderes.

Los habitantes del poblado temen a Nasco y acuden a él en caso de enfermedad, pero cuando la ceremonia del hechicero no produce efecto y el mal perdura o la herida sigue sangrando, se acercan a escondidas a la cabaña de Argos en demanda de ayuda para que haga calmar la fiebre con un cocimiento de hierbas aromáticas o aplique sobre la llaga uno de sus emplastos que cicatrizan.

Trabajando está esta noche Argos cuando, de pronto, una sombra cubre la entrada de su cabaña, cegando el brillo de la luna, y una voz conocida susurra en la oscuridad.

—¡Argos! ¡Despierta, Argos! Traigo a un hombre herido.

Es Verges, que regresa de su expedición en busca de caballos. Aparece tan súbitamente como de costumbre. Pero esta vez no desea llamar la atención de la tribu, sino que viene de noche y en secreto.

Argos está siempre dispuesto a prestar ayuda:

—Pasad —dice, sin mostrar extrañeza por lo repentino del caso.

—Tendrás que ayudarme —responde Verges—. No puede dar un paso.

Grave debe ser el caso. Argos aparta la hierbas que estaba clasificando hasta amontonarlas en un rincón y ahueca la hojarasca que le sirve de lecho para acostar allí al herido. Sale de la cabaña y sigue a Verges hasta donde dejó su caballo. Atravesado sobre el lomo, boca abajo, colgando la cabeza y los brazos, cubierto de sangre, está Briga.

Argos se acerca temeroso y Verges le tranquiliza:

—Vive. Respira todavía.

—Sí. Pero ¡tan débilmente! —se lamenta Argos, observándole.

—Vamos a meterlo en la cabaña. ¡Deprisa!

Argos hubiera preferido bajarlo del caballo y curarlo allí mismo en vista de la gravedad del caso sin perder ni un instante más, pero Verges decide trasladarlo. ¿Intenta esconderlo a las posibles miradas de los habitantes del poblado? ¿Teme la cólera de Nasco, viéndose postergado en su papel de curandero?

Verges coge al compañero por los hombros y de un tirón le obliga a bajar del caballo. El herido gime débilmente, reanimado por el dolor de la sacudida.

—¡Cuidado! —dice Argos—. Más despacio. No vayan a abrirse de nuevo las heridas.

—¡Cuidado, cuidado! —murmura Verges—. ¿Qué es lo que hago? ¿Qué es lo que vengo haciendo desde el primer momento? ¡Si él no hubiera sido tan descuidado, no estaría así! ¡Y yo no me habría visto forzado a abandonar el grupo para traértelo cuanto antes!

—¿Cómo se hirió? ¿Qué es lo que tiene?

—Eso tendrás que verlo tú. Yo no soy curandero —responde con altanería.

—¡Yo tampoco! —replica vivamente Argos, rechazando el título—. Yo soy hierbatero. Sólo con hierbas curo, no con amuletos ni danzas.

Acuestan entretanto al herido sobre la hojarasca, en el interior de la cabaña y Argos empieza a reconocerlo. Descubre una herida en el pecho, sucia de polvo y sangre reseca, que presenta mal aspecto.

Se dispone a preparar un cocimiento para limpiarla. Aviva el fuego y rebusca, entre las muchas que tiene, las hierbas necesarias.

—¿Qué fue? —pregunta entretanto.

—Una caída del caballo.

—¿Cuándo ocurrió?

—Ayer, al salir el sol.

—Ha pasado demasiado tiempo. Hay que poner el remedio en cuanto se produce el daño.

—Te lo he traído lo más pronto posible. Ni siquiera me detuve a descansar durante la noche. He cabalgado todo este tiempo sin parar, con este hombre entre los brazos. Mi caballo también está extenuado.

Verges parece sentir mayor compasión por su caballo que por el compañero de expedición que trastorna sus planes.

—¿Qué otra cosa podría haber hecho? —continúa—. Yo no entiendo de hierbas.

¡Siempre el mismo tono desdeñoso!

Los cazadores desprecian al hierbatero porque jamás quiso tener un arco entre las manos, porque teme al dolor y tiembla ante la sangre. Aunque sea capaz de superar el miedo y combatir el dolor y restañar la sangre.

Manteniendo su habitual indiferencia, Argos murmura:

—Porque no quieres. Muchas veces he querido enseñarte a hacer una primera cura.

Verges cambia el tema y el tono, que convierte en amistoso, casi adulador.

—Te lo he traído a ti directamente, sin dar cuenta a Nasco de lo ocurrido. Ya ves que confío en tus emplastos. Estoy seguro de que lograrás sanarlo. Es un buen cazador. Uno de los mejores. Y el más valiente. No quiero perderlo. ¡Lo necesito! ¡Tienes que curarlo! —termina, autoritario.

¡Como si la salud de un hombre dependiera de las órdenes de Verges! ¡Como si Argos necesitase de gritos para dedicar los más atentos cuidados a cualquiera que acuda a su cabaña en busca de remedio!

Verges continúa:

—Nasco se ofendería mucho si llegara a enterarse. La cólera del hechicero es terrible, ya lo sabes, porque Cau le apoya y toda la tribu le teme. Tendremos que guardar el secreto. Tampoco Cau conoce mi regreso. No debe saber que he estado aquí esta noche. Quiero entrar triunfante, con los nuevos caballos. Tú, Argos, cuida a este hombre y mantén la boca cerrada. Te conviene.

Amenaza, adulación, despotismo, desprecio... Argos se encoge de hombros. Se siente al margen de las intrigas de Verges, de sus ambiciones de poder. No le importa el desprecio de los cazadores. Ni siquiera le duele que no se reconozcan públicamente las curaciones conseguidas por medio de sus hierbas. Los que de noche vienen angustiados en busca de remedios, ocultarán después a la tribu cómo recobraron la salud, y aún negarán la intervención del hierbatero si son interrogados. Tampoco intenta oponerse ni mucho menos suplantar a Nasco. Le basta con caminar por el bosque, al atardecer, cortando tallos, recogiendo hojas, arrancando cortezas de árbol, estudiarlas después en su cabaña y poder curar a los niños, a los hombres y a las mujeres de la tribu. Aunque no agradezcan su ayuda.

Verges continúa:

—¿Has entendido, Argos? Cuando salgas, atranca bien la puerta. ¡Que nadie sospeche que hay dentro un hombre herido! He traído carne y frutas en abundancia para que puedas alimentarlo. Aquí tienes también un odre lleno de agua. ¿Necesitas algo más? Dímelo y trataré de dártelo.

Argos niega con la cabeza, porque el estudio de la herida absorbe toda su atención.

—Si andas con cuidado podrás mantener el secreto. ¡Dos o tres soles! El tiempo que yo necesito para reunirme con los demás cazadores, para entrar juntos en la explanada, mostrando a la tribu los caballos capturados ¿sabes? ¡Traemos espléndidos ejemplares!

Tampoco a Argos le interesan los caballos. Tan solo la herida. Extrañado por su aspecto, murmura:

—¿Cómo se ha podido hacer un corte tan profundo?

Verges se apresura a explicar:

—Se cayó cuando acababa de saltar sobre un caballo salvaje. No logró mantenerse asido a las crines y salió despedido, golpeándose contra las piedras.

Las palabras de Verges suenan a falso. La herida comienza en el cuello y resbala por las costillas hasta la cintura, cruzando el pecho. Se advierte un corte profundo, sí, pero de bordes lisos, sin las desgarraduras y contusiones que necesariamente se producen en toda caída.

Tratando de entretener a Argos para que no formule nuevas preguntas, Verges añade:

—La expedición ha sido un éxito. Tal y como yo la planteé. Seguimos el camino del agua después de vadear el río y llegamos al valle donde antes había yo sorprendido a la manada. Todo estaba como yo le dejé: tapada con troncos y ramas a la salida del desfiladero, para que no pudieran escaparse. La empalizada había resistido. Encontramos un caballo moribundo, con una pata rota. Sin duda intentó saltar por encima, sin conseguirlo. ¡Lástima, porque era un espléndido animal! Estos caballos pequeños, peludos, de patas cortas y pezuñas duras, son ágiles y fuertes, pero no valen para el salto. Nada más llegar, organizamos la captura. Vimos que ya escaseaba la hierba en el estrecho valle, de modo que la manada saldría en busca de mejores pastos apenas retirásemos la empalizada. El desfiladero era estrecho. El lugar ofrecía las mejores condiciones.

Coloqué a mis hombres en las rocas más salientes para que pudieran saltar sobre la presa elegida, cuando los caballos se arremolinasen en las entrecheces del desfiladero tratando de escapar.

Capturar un caballo salvaje es difícil: hay que elegir bien la presa; saltar en el momento justo, caer sobre los lomos antes de que se encabrite y aguantar agarrado a las crines el tiempo necesario para cansarlo primero y dominarlo después.

Lo dije mil veces. Que se agarrasen bien, antes de que el caballo sienta el peso, y que se afianzaran después apretando rodillas y talones para impedirle que se lance al galope en campo abierto. Allí estaríamos tres o cuatro, montando los caballos de la tribu para ayudarles a reunir la tropilla con nuestras cabalgaduras domadas.

Pero éste —dice, señalando a Briga— era la primera vez que tomaba parte en una captura y no supo aguantar.

Mientras Verges habla sin pausas, Argos vigila el cocimiento de romero, hojas de avellano y flores de salvia, necesario para la cura. El herido parece revivir con el penetrante aroma que se desprende del líquido en ebullición.

Argos le ofrece agua fresca, pero apenas tiene fuerzas para beber. Se atraganta, tose. El hierbatero tiene que acercarle el vaso a los labios y mantenerle erguida la cabeza para que pueda calmar su sed. Después, le refresca la frente.

—Está muy débil —dice—. No sé cómo resistirá la cura.

—El golpe fue terrible y perdió mucha sangre —explica Verges—. Y aún ha tenido suerte de no morir pisoteado por los cascos de los caballos salvajes lanzados al galope. ¿Tú nunca has vivido una captura? ¿No has sentido la emoción de esos momentos? ¿Cómo explicarlo? Verás. El valle está en silencio y de pronto tiembla la tierra, se lanzan los cazadores, la manada se dispersa, se espanta la potrada, se encabritan los caballos, relinchan las yeguas llamando al potrillo perdido, gritan los cazadores tratando de dominar sus cabalgaduras en una lucha formidable. Más tarde, cuando aún se escucha a lo lejos el galope de los que consiguieron escapar, comienza el recuento. Esta vez, para contar los caballos, no bastan mis manos, yeguas y potros aparte. ¡La tribu puede estar orgullosa de sus cazadores!

Si esperaba un comentario, una alabanza, Verges estará decepcionado porque Argos sólo atiende a los preparativos de la cura. Ya está a punto el cocimiento. Ahora se dispone a lavar la herida y solicita la ayuda de Verges:

—Sujétale bien, para que no se mueva.

Van echando gota a gota el líquido sobre la herida y con las hojas que flotan en la superficie, la frota con cuidado, quitando la arena y pajas adheridas y limpiando la sangre reseca.

Ahora que puede observarla bien, Argos se confirma en su primera impresión: esta herida no puede ser consecuencia de un golpe, sino que parece producida por el filo de un arma.

Briga se retuerce por el escozor del cocimiento. Argos le hace masticar unas hojas de amapola para adormecerle. Verges, por su parte, lo mantiene fuertemente sujeto y hasta procura taparle la boca disimuladamente para que no se oigan sus quejidos en las cabañas vecinas.

Una vez limpia la herida, Argos coloca encima un emplasto de hojas de llantén que acaba de machacar entre dos piedras, confiando en el poder cicatrizante del jugo de esta planta.

—Manténle quieto, para que no se mueva el emplasto —recomienda.

Cuando al fin el herido se adormece, Verges se dispone a reponer fuerzas antes de reemprender la marcha. Corta unas tajadas de la pieza que él mismo ha traído y las coloca sobre las brasas. Mientras se asa la carne, Argos inicia el interrogatorio, tratando de descubrir la verdad sobre la causa y circunstancias de esa herida, que le intrigan y preocupan.

Como sin darle importancia, comienza:

—¿Decías que se produjo la herida al caerse del caballo, nada más saltar sobre sus lomos?

Verges se pone en guardia:

—¿Por qué lo preguntas?

—Porque yo creo que resistió un buen rato aferrado al cuello del animal. ¡Fíjate! —dice, mostrando las manos del hombre dormido—. Tiene los dedos y las palmas cortados por la aspereza de las crines. ¿Cómo se habría hecho todas esas menudas heridas, si no?

Verges titubea.

—¡Bueno! Ahora que recuerdo... Le vi montado unos instantes. La verdad es que no sé bien cómo ocurrió. Yo tenía otras cosas de qué ocuparme en aquel momento. Pero lo cierto es que cayó al suelo, derribado.

—¿Hiriéndose en el pecho?

—Ya lo has visto.

—Un golpe así —insiste Argos— le habría producido una herida en la cabeza, la rotura de un brazo o una pierna. Pero ¡un corte en el pecho! ¡Y tan profundo!

Esta vez Verges tarda un poco más en responder. Empieza a masticar la carne semicruda y murmura:

—Sí que parece raro. Tal vez se hirió al caer con su propio cuchillo —aventura—. Un cazador jamás se separa de sus armas. ¡Mira! Yo siempre lo llevo.

El mango de un cuchillo de caza asoma por la vaina que Verges lleva colgada al cuello. El cazador lo muestra con orgullo, pero en seguida trata de ocultarlo, diciendo:

—Mi cuchillo de siempre.

Argos se da cuenta de pronto. Eso es precisamente lo que ocurre: que no es el mismo de siempre. El cuchillo no se ajusta en la vaina y sobresale, además de parte de la hoja, un mango muy brillante y trabajado.

—¿A ver?

—¿Para qué?

—¡Déjame verlo!

Verges trata de disimular, burlándose.

—Es demasiado grande para hierbas y flores. Podrías cortarte.

—¡Dámelo! —insiste Argos alargando la mano.

Verges se la detiene y forcejean. Vence la rapidez de Argos que consigue empuñar el mango y de un tirón lo saca de la vaina. La hoja relampaguea amenazadora a la luz de la lumbre, rozando casi la cara de Verges que se echa hacia atrás, asustado.

No es para menos. Se trata de un cuchillo de palmo y medio de largo, de hoja ancha y pulida, tan afilada como nunca se vio antes. Capaz de cortar en el aire el pétalo de una flor, como puede comprobar el hierbatero.

—¿De dónde lo has sacado?

—Cau me lo dio. Es uno de los cuchillos de hierro que se conservan, de cuando la tribu vivía en los prósperos llanos.

Es cierto que la tribu guarda restos de su antiguo esplendor: fragmentos de tejidos de vivos colores, cacharros de barro finísimo y objetos de hierro. Parece extraño que Cau se haya desprendido de parte de su preciado tesoro en beneficio de un cazador rebelde que osa actuar como si él fuera el verdadero jefe.

Pero eso no es todo. Ninguno de esos antiguos cuchillos de hierro que se conservan en la tribu —Argos mismo tiene uno, pequeño, para su propio uso— tiene la perfección del que ahora contempla, asombrado. En éste es imposible advertir, ni siquiera al tacto, la huella de los golpes con los que el pedazo de hierro inicial era trabajado. Ha tenido que ser moldeado conforme a una técnica desconocida, muy perfeccionada, capaz de conseguir la superficie pulida de la hoja, la finura del filo.

Argos saca su propio cuchillo y los compara. La perfección del nuevo destaca aún más al lado del antiguo. La hoja en éste es más gruesa, la forma desigual, la superficie mate, y el todo mucho más tosco y pesado. Y eso que el hierbatero lo cuida muchísimo: lo mantiene siempre untado de grasa para evitar la herrumbre y lo afila con una pieda rugosa para conseguir el corte preciso en su delicado trabajo con plantas y flores.

Murmura:

—Nunca había visto nada igual.

Si el corte es asombroso, aún más lo es el mango. La hoja de hierro no ha sido atada con tiras de cuero a un mango de madera, a la manera antigua, sino que viene incrustada en otro material, más claro y brillante, cuya superficie aparece cubierta de inscripciones y dibujos. Las líneas son finísimas y el conjunto alcanza una perfección jamás lograda por los más hábiles tallistas de la tribu, aunque estos utilizan materiales algo más blandos, como el hueso, o el asta.

Argos trata de reconocer siluetas de animales o figuras humanas en el laberinto de líneas que se entrecruzan, pero antes de que pueda distinguir los motivos de adorno, Vergés trata de arrebatárselo.

—¡Trae! Debo marcharme ya.

—¡Espera!

—¡Esto es nuevo! ¿Desde cuándo te interesan las armas?

—Ésta me interesa. Y mucho.

No es mera curiosidad. Argos sospecha que entre el sorprendente cuchillo y la curiosa herida se esconde un hecho que Verges trata de ocultar. Por eso, cuando Verges tiende la mano para retomar su arma, Argos la retiene sólidamente agarrada por el mango. Verges no se atreve a cogerlo por la hoja, temeroso de su cortante filo. Ya lo vio pasar antes demasiado cerca de su cara. Su mismo temor demuestra que aún no se encuentra familiarizado con ese cuchillo, que aún no conoce bien su manejo y le asusta por tanto, su peligrosidad.

—¿No me has oído? —grita Verges, exasperado—. Está bien. ¡Tú lo has querido! ¡Tendré que arrebatártelo por la fuerza!

Abandonando su anterior prudencia, se abalanza hacia Argos que hace un giro, rápido, evitando que el cazador resulte herido, pero el filo alcanza la correa de cuero que le cruza el pecho y la espalda, la corta y salta. Cae al suelo un objeto pesado que de ella colgaba y que traía oculto en la cintura: una espada. Allí está, en el suelo, rebrillando al fuego.

Antes de que Verges la recoja, Argos pone el pie encima, cada vez más intrigado y sorprendido.

Nuevamente Verges trata de restar importancia al asunto.

—¿Qué? ¿Te extraña que lleve una espada? Se trataba de una expedición importante, muy lejos del poblado, y Cau, el jefe, me la prestó. Igual que el cuchillo. Ya te lo he dicho.

Pero Argos no le cree. Es inútil que intente engañarle, acumulando falsas explicaciones. Estas armas no pertenecen al hierro antiguo trabajado por los antepasados de la tribu, cuando vivían, poderosos y ricos, en los perdidos valles soleados. La espada falcata, de la que quedan algunas en el poblado, tiene la hoja ancha, la punta roma y afilado sólo uno de sus bordes. La empuñadura, también de hierro y trabajada a golpes, se dobla en forma especial, de modo que sirva de protección a la mano que la blande.

Ésta, en cambio, tiene la hoja estrecha, puntiaguda y de doble filo. El puño es sencillo de forma, pero también labrado y parece del mismo metal que el del mango del cuchillo. Espada y cuchillo forman juego. De donde procede la una, ha venido el otro.

Argos comprende al fin la causa de esa herida en el pecho que tanto le extrañaba. Un corte tan profundo tuvo que ser producido por un arma de borde tan afilado como la que tiene entre las manos. Con esta misma espada.

Se enfrenta con Verges y le interroga:

—¡Responde, Verges! ¿De dónde has sacado estas armas? ¿Cómo fue herido tu compañero? ¿Qué ha pasado durante la expedición?

Tan preocupado está por estas incógnitas que descuida la guardia. De un tirón, Verges se las arrebata y le amenaza:

—¡Silencio, Argos! ¡Ni una palabra hasta mi regreso! Cuida a este hombre y procura que cicatrice pronto su herida. ¡Tengo necesidad de hombres valientes! ¡Si quieres saber lo ocurrido acude a la explanada en cuanto escuches los cascos de los caballos! ¡Hablaré delante de toda la tribu y esta vez Cau y Nasco no lograrán sellar mis labios con sus veladas amenazas! ¡Gritaré ante todos la verdad que el jefe y el hechicero nos están ocultando! ¡Aguarda mi regreso, Argos! Y entre tanto ¡silencio!

Verges rehace con un nudo la correa rota, ajusta el cuchillo en la vaina y recoge la espada. Repite el gesto, ordenando silencio. Entreabre la puerta de la cabaña y mira hacia el poblado. Calma total. Un perro ladra a los lejos. Sigilosamente, sale. Se oye al poco el trote de un caballo, alejándose.

Argos permanece en la entrada de la cabaña, inmóvil, escudriñando las tinieblas como si la noche guardara la respuesta a tantas preguntas que le inquietan: ¿Qué misterio encierran la espada y la sangre? ¿Qué tipo de amenazas se ciernen sobre la tribu? ¿Qué nuevas terribles traerá el nuevo sol?

Briga se queja débilmente entre sueños y se agita, inquieto. Será preciso preparar nuevos emplastos y renovar la cura. Regresa al interior de la cabaña, mezcla hierbas y machaca hojas entre dos piedras. Frente al temor de un peligro incierto algo muy concreto —un hombre herido— reclama su atención. Entregándose a la tarea de cuidarlo casi llega a olvidar su inquietud.

Las plantas olorosas

...entonces Dusco, el padre de la tribu, cuando el oso atacó a uno de los cazadores desgarrándole la espalda de un formidable zarpazo, atacó a la fiera, clavándole el cuchillo por la espalda.

El oso abandonó su presa y se revolvió gruñendo. Era la primera vez que un cazador osaba hacer frente a la fiera que camina erguida como el hombre y como el hombre lucha en pie.

También era la primera vez que un cazador ponía en peligro su propia vida para ayudar a otro que en adelante se llamaría compañero.

Unos instantes permanecieron inmóviles Dusco y el oso frente a frente. Avanzó el oso, adelantando las patas superiores para atrapar a su enemigo en un abrazo mortal, pero encontró el cuchillo de Dusco en sus costillas.

Una y otra vez se sucedieron ataque y defensa. Si el animal era más fuerte, el hombre, mucho más ágil y certero.

La lucha fue terrible. Cuando el oso huyó, gruñendo, a buscar la seguridad de su cubil, dejando un rastro de sangre por el bosque, Dusco cayó al suelo desplomado.

Los cazadores descendieron de los árboles a los que habían trepado en su precipitada huída e iniciaron el regreso a las cavernas que les servían de morada. Ayudaron a caminar al compañero herido y transportaron el cuerpo inerte de Dusco sobre unas ramas. Acompañaron al herido hasta su morada y dejaron el cuerpo de Dusco en tierra, al borde del bosque, porque no hay que enseñar a la muerte el camino a las cuevas donde habitan los cazadores.

Muchos acudieron al saber lo ocurrido, lamentándose por la suerte de Dusco, alabando su valor y contando por vez primera sus hazañas. Uxora era quien más lloraba.

Cuando llegó la noche y se retiraron a sus cabañas, Uxora permaneció junto al cuerpo de Dusco, palpó sus desgarraduras y las regó con lágrimas. Arrancó a puñados hierbas olorosas —el áspero romero, la flor de la salvia, el aromático tomillo, las frescas hojas del

llantén y la menta— y las arrojó sobre las
heridas para esconder la sangre y redobló
su llanto.

Al amanecer del tercer día, como Uxora
no había regresado aún, un grupo de hombres
y mujeres salieron en su busca. La encontraron en el mismo lugar, arrodillada junto al
cuerpo de Dusco, pero ya no lloraba.

Se acercaron al que creían muerto, pero Dusco descansaba tranquilo, mientras Uxora frotaba de cuando en cuando sus heridas con las mismas hierbas. No se veía sangre ni apenas rastro de los terribles zarpazos del oso, mientras que las desgarraduras de la espalda del compañero, mucho menos profundas, todavía sangraban.

Los cazadores trenzaron de nuevo hojas y ramas y llevaron el cuerpo de Dusco hasta su cueva, porque es bueno que la salud conozca el camino al lugar donde moran los hombres.

Así fue como Uxora descubrió con sus lágrimas las hierbas que detienen la sangre y ahuyentan la muerte, la gran Uxora, madre de la tribu, mujer y compañera de Dusco, el cazador.

V. EL SECRETO DE CAU

Aire de fiesta en el poblado.

Cau, el jefe, ha mandado preparar un festín para celebrar el regreso de los cazadores. Se asan grandes piezas de caza, se abren cántaros de bebidas fermentadas, se amontonan frutas, se doran castañas... Los chiquillos corretean, excitados, estorbando con sus idas y venidas el trajín de los preparativos, se acercan demasiado a la tropilla, exponiéndose a recibir una coz de los potros indómitos y en su impaciencia, se queman la punta de los dedos, tratando de sacar castañas entre las brasas.

Los cazadores son los héroes de la noche. Esta vez, a nadie —ni a Nasco, el hechicero— le importa si los cascos de los caballos pisotean o no la ceniza. Al contrario. Parece que se tiene a gala.

Los cazadores pasean los nuevos caballos por la explanada, obligándoles a acercarse al fuego para que se pueda admirar bien, no sólo su fuerza y su salvaje belleza, sino también la doma conseguida en tan breve tiempo, pues sólo cuatro soles median entre su captura y el momento presente. La prueba es especialmente demostrativa, pues sabido es el terror que los animales salvajes experimentan frente al fuego y en especial estos caballos asturcones, pequeños, peludos, fuertes, pero nerviosos y asustadizos. Pasan inquietos, resistiéndose, prestos a lanzarse a un galope que sus domadores retienen a duras penas con las bridas tensas.

Verges contempla orgulloso el regocijo general, aguardando impaciente el momento propicio para dirigirse a la tribu. Hablará mediado el festín, antes de que se hayan vaciado los últimos cántaros. Revelará a todos los habitantes del poblado lo que Cau y Nasco les han estado ocultando durante largo tiempo y sus palabras bastarán para cambiar el futuro de la tribu. Tan importantes serían.

Parece una burla sangrienta que la última disposición del jefe Cau haya de ser precisamente la de preparar un festín en honor de Verges, el cazador que se propone suplantarle en el mando, y del grupo que apoyará su rebeldía. Porque antes de que el sol alumbre de nuevo, un nuevo jefe dictará las órdenes. Verges sonríe, seguro de su triunfo, saboreándolo de antemano.

Ya se están finalizando los preparativos. Chisporrotea la grasa y se intensifica el olor del asado.

Los chiquillos se arremolinan ahora, tratando de arrebatar de pasada alguna piltrafa de carne desechada por los cazadores, pues saben que ellos serán los últimos en recibir su ración y ya no pueden contener más su hambre y su impaciencia.

Todo parece estar a punto.

Cau adelanta una copa para que le sirvan el licor de las grandes ocasiones y Nasco, antes de beberlo, arroja el contenido de la suya sobre el fuego que se levanta en llamarada azul, diciendo:

—Que se alce, como esta llama, el gozo de la tribu.

Un griterío ensordecedor le responde: la fiesta ha comenzado.

Tan sólo unos pocos permanecen al margen de la alegría general. Los padres de Ségor y Titul comentan, alarmados, la tardanza de los muchachos que al finalizar el tercer sol después de su salida aún no han regresado.

Deciden permanecer en sus respectivas cabañas y allí les aguardan, angustiados, despreciando el festín.

No sólo estas dos familias. También se angustia Cosla, la muchacha chiquita y dulce que toma su nombre del fruto del avellano, para la que no existe más fiesta que la compañía de Titul, todavía ausente.

Argos, por su parte, también está inquieto, dividido entre el deseo de informarse de lo que ocurre en la explanada y el temor de alejarse de la cabaña donde todavía permanece oculto el cazador herido.

No es que su estado cause preocupación alguna, pues su mejoría es notable. Tan grave como llegó y ya, gracias a la acción benéfica de emplastos y cocimientos, es capaz de incorporarse y tomar sin ayuda el alimento. Hace un momento le sorprendió Argos de pie, intentando dar unos pasos por el interior de la cabaña.

La herida del pecho presenta buen aspecto, pero otra herida invisible parece que se le está enconando por dentro, porque se muestra taciturno, encerrado en un obstinado silencio. «Agua», «mejor», «ya no me duele», incluso «gracias» es todo lo que le ha oído decir el hierbatero. Pero ni una palabra sobre las circunstancias de la herida y eso que Argos le ha interrogado directamente, después de comunicarle sus suposiciones y sospechas. Siempre que le plantea el caso, Briga se vuelve de espaldas y finge descansar.

Ahora mismo, ¿cómo Verges no sube al menos a interesarse por el estado del herido? ¿No le ordenó mantenerlo oculto hasta su regreso? Pues ya ha regresado. Y ahora, ¿qué?

Argos no puede aguantar más su curiosidad y su impaciencia. Como el herido parece profundamente dormido, sale con cuidado de la cabaña y atranca la puerta. Camino de la explanada, le sorprende el griterío que da comienzo al festín. Unos pasos más allá tropieza con alguien que avanza tan sigilosamente como él, pero en dirección contraria. Lo agarra por un brazo, impidiéndole escapar.

—¡Quieto! ¿A dónde vas?

Un gemido le responde. Afloja la mano y busca el rostro del furtivo caminante.

—¿Eres tú, Cosla? —exclama, sorprendido—. ¿A dónde ibas? ¿Desde cuándo una muchacha como tú huye de la fiesta?

—Titul no está aquí —dice, como única explicación.

—¿No le has encontrado, en el barullo de la explanada? Ven conmigo. Yo te ayudaré a buscarlo.

Cosla mueve negativamente la cabeza.

—¿Habéis reñido y por eso quieres marcharte? —supone Argos—. ¡Vamos, muchacha! ¡Vuelve a la fiesta! ¡No durará mucho el enfado!

—No, Argos. No es eso. Es que Titul no está en el poblado. El jefe Cau lo mandó a cazar junto con Ségor hace tres soles y aún no han regresado.

Argos se sobresalta. ¡Dos muchachos, solos, fuera del poblado, durante tanto tiempo! Es algo inusitado. Rompe las costumbres de la tribu que ordena buscar protección en la compañía del grupo. Incluso los cazadores avezados apenas si se aventuran a trasponer, por su cuenta, los límites del vecino bosque.

Cosla continúa:

—Con los cazadores ausentes, escaseaba la comida y Cau los mandó en busca de carne fresca. Les ordenó que no se alejaran. Sólo se trataba de cazar algunas piezas pequeñas. Yo quería ir con ellos pero Cau me arrancó el arco de las manos y me retuvo hasta que se adentraron en el bosque. De eso hace tres soles. ¡Y aún no han regresado!

Hace exactamente tres soles que un hombre de la tribu fue herido por armas extrañas sin que pudiera protegerle la compañía de sus compañeros. ¡Quién sabe qué peligros estarán corriendo esos dos muchachos indefensos, de noche, fuera del poblado!

Cosla sigue con sus temores:

—Ya sé que un buen cazador encuentra al fin el camino de vuelta, que no se han visto últimamente osos ni lobos por el bosque. Que Titul es prudente y Ségor valiente y que al fin regresarán sanos y salvos. ¡Pero yo tengo miedo! También bajan los lobos en verano —añade en voz baja— y cuando están hambrientos...

Argos sabe que un peligro mayor les amenaza. Sería preciso salir en su busca. ¿Irán solos, él y la muchacha? No es suficiente. Hay que organizar una partida con hombres y caballos. ¿Conseguirá Argos, en medio del festín, la ayuda necesaria? De cualquier modo, es preciso intentarlo.

El hierbatero se decide:

—Ven conmigo, Cosla. Hablaremos al jefe. Si Cau no nos atiende, tú y yo saldremos en su busca.

Coge de la mano a la muchacha y juntos corren hacia la explanada.

La fiesta está en su apogeo. Ya se ha repartido el asado, y una calma momentánea sustituye al alboroto inicial. Sentados en torno a la hoguera los habitantes del poblado comen, pasando de mano en mano las jarras de bebida fermentada. Hasta los chiquillos olvidan sus juegos saboreando su porción de carne y golosinas.

Argos y Cosla, jadeantes, corren cuesta abajo. El hierbatero observa el desarrollo de la fiesta. Sabe que, cuando termine la comida empezarán las palabras. Cau se levantará a prometer un espléndido futuro y Nasco recordará el pasado, narrando una historia sacada de la memoria de la tribu. La verdad es que últimamente repite con machacona insistencia las que exaltan la fuerza, el valor o la astucia de Dusco, silenciando otras que también pertenecen a la memoria de la tribu y que Argos recuerda haber escuchado de niño, alguna vez: historias que se refieren a Uxora, la mujer y compañera de Dusco, la que reanimó a su cachorro moribundo insuflándole el propio aliento, descubrió el poder curativo de las plantas y aprendió sin que nadie le enseñara a hilar y tejer, o las que recuerdan a Salma, la muchacha que encantó a todos copiando los trinos de los pá-

104

jaros y enseñó a los niños sus primeras canciones.

Incluso parece haber olvidado Nasco las que muestran a Dusco como inventor de nuevas técnicas y factor de progreso, pues sólo repiten las que hablan de su fuerza y su poder.

Difícil le será a Argos convencer al jefe Cau de la necesidad de salir en búsqueda de los muchachos en pleno festín, pero cuando empiecen las palabras, resultará imposible.

Por fortuna aún queda comida y bebida en abundancia. Pero cuando el hierbatero se detiene a recobrar el aliento sin perder de vista la explanada, advierte que de pronto, Verges se levanta, se abre paso entre sus compañeros, avanza hacia el fuego, impone silencio con un gesto y se dispone a tomar la palabra adelantándose al jefe y al hechicero. Grande es su osadía pues la otra vez que lo intentó estuvo a punto de terminar severamente castigado. ¿Qué ocurrirá ahora?

En su deseo de llegar cuanto antes, Argos acelera, se adelanta a Cosla, saltando, tropezando, cayendo y volviendo a correr.

Aún puede que llegue a tiempo, pues Verges aguarda, con la mano extendida, a que se acallen los murmullos de sorpresa que provoca su gesto.

Cuando Argos va a rebasar las primeras cabañas surgen de pronto unas sombras que se avalanzan sobre él: unas manos duras lo atenazan y un trozo de piel tapona su boca, sin que tenga tiempo más que para gritar:

—¡Cuidado, Cosla! ¡Huye!

El aviso llega tarde. O acaso haya servido únicamente para informar a los asaltantes de que Argos no va solo y que será preciso detener también a su acompañante. El caso es que uno de ellos persigue a Cosla hasta atraparla. Después los arrastran a los dos a la fuerza ocultándolos en la sombra.

Afortunadamente para Argos, los asaltantes parecen tan interesados en lo que ocurre en la explanada como él mismo. No se preocupan de encerrarlos en sitio seguro sino que se limitan a mantenerlos sujetos y amordazados detrás de una de las cabañas. Argos no podrá intervenir, pero sí observar los acontecimientos sin perder ni un gesto, ni una palabra.

En la explanada, sus gritos y el forcejeo de la lucha han pasado inadvertidos para la mayoría, tan sólo Verges comprende satisfecho que sus órdenes han sido cumplidas. Con el herido en la cabaña y el hierbatero preso, nadie desmentirá su versión de los hechos.

Cau y Nasco por su parte permanecen atentos, confiados en que existe un tácito acuerdo entre los tres que compromete al cazador a seguir guardándoles el secreto. Pero se engañan. Verges piensa que ha llegado el momento de la revelación. Se adelanta y comienza:

106

—Hoy es un día de gozo y contento para todos. Cuando Dusco, el padre de la tribu, señor del fuego, aliado del agua, saltó por primera vez sobre el lomo de un caballo salvaje y logró dominarlo, alcanzó para nosotros el mejor de los dones. Desde entonces, el caballo ha sido nuestro orgullo y nuestra fuerza. Cabalgando descendió nuestra tribu desde las montañas donde se había formado hasta las prósperas llanuras soleadas, las recorrió galopando y después de haberlas habitado mucho tiempo, a lomos de caballo iniciamos la larga marcha bajo el mando de Cau, el retorno a los orígenes de la tribu, a las montañas donde Dusco había realizado sus increíbles hazañas. Cerca de ellas estamos.

Todos los presentes tienen la mirada fija en Verges y los oídos atentos a sus palabras. Sólo Cau lanza de cuando en cuando una ojeada a Nasco, para intervenir, si éste, con un disimulado gesto, se lo indica. De momento, no hay peligro. Las palabras de Verges parecen ajustarse a este tácito acuerdo. El anciano jefe se confía aún más al escuchar:

—Por eso la memoria de la tribu —dijo Verges— renace y estalla de gozo cuando los cazadores ponen de nuevo caballos salvajes al servicio del grupo.

Nasco hace un gesto de asentimiento. El griterío vuelve a alzarse con mayor fuerza.

El jefe Cau une su voz a la de todos los habitantes del poblado.

—¡Recordemos una vez más al padre de la tribu!

Aquí y allá brota en el fuego la llamarada azul de las ofrendas.

—¡Dusco nos enseñó a domar caballos salvajes! —añade el jefe.

Los cazadores que tomaron parte en la expedición replican aquí y allá.

—Verges descubrió la manada.

—Nos condujo hasta el valle donde pacían los asturcones.

—Eligió los mejores ejemplares y ordenó su captura.

—¡Aclamemos a Verges junto al fuego!

Excesiva le parece a Cau la alabanza dedicada a un solo cazador por una hazaña realizada en grupo. De haberlo sospechado no hubiera iniciado él mismo los gritos, pero Nasco parece tranquilo y Verges puede continuar sin ser interrumpido:

—De todos fue el esfuerzo y para todos debe ser la gloria.

Así demuestra su habilidad. Declinando las alabanzas en beneficio de sus compañeros termina de captarse las simpatías del grupo y refuerza la adhesión de los cazadores, que le aclaman con redoblado entusiasmo:

—¡Verges es el mejor!

—¡El primero!

—¡El único!

Pero aún no ha llegado el momento. Verges acalla los gritos con un gesto y añade:

—Estos caballos son especialmente preciosos porque ahora, más que nunca, la tribu los necesita.

Después de una pausa, cuando el jefe Cau aguarda confiado la alusión a la larga marcha, el retorno a los orígenes, que le permitirá anunciar a continuación un nuevo y necesario desplazamiento, Verfes alza la voz y grita:

—¡Sí! ¡Hoy más que nunca! Porque un gran peligro nos amenaza. ¡Se acabaron para nosotros las tareas de la pesca y la caza! ¡Hemos de domar caballos, fabricar armas y disponernos para la lucha! Tenemos que enfrentarnos a un enemigo más fuerte y poderoso que todos aquellos con los que nunca Dusco tuvo que luchar.

«¿Qué está diciendo este insensato?»

Obedeciendo a una señal de Nasco, Cau se alza con salto de animal herido, recogiendo sus últimas fuerzas en un intento desesperado por seguir manteniendo el secreto guardado celosamente durante tanto tiempo. Es preciso impedir que Verges lo revele a los habitantes del poblado. Cau y Nasco han dedicado su vida a mantener a la tribu encerrada en sí misma, ignorante de lo que estaba ocurriendo a su alrededor, pensando que ese era el único medio de asegurar su supervivencia. Si hablaba Verges, todos los esfuerzos y todos los sacrificios impuestos a la tribu durante tanto tiempo, resultarían inútiles.

Sin entrar en discusiones, usando un tono severo, acusador, Cau ataca:

—¿Acaso pretendes insinuar que tu fuerza y tu poder superan a los del gran Dusco?

Nasco apoya la acusación del jefe. Dice, dirigiéndose a los presentes:

—Verges desprecia y ofende la memoria de la tribu y por esto merece el mayor castigo —decide.

Cau se adelanta para ejecutar inmediatamente la sentencia pero Verges saca rápido el cuchillo y hace relampaguear la hoja, desafiante:

—Antes habréis de escucharme. ¡Oídlo bien! ¡Oídlo! No es el majmú ni la piedra, ni el bisonte ni el rayo, nuestro verdadero enemigo. Hombres de un pueblo poderoso, compañero del sol, nos amenazan. Vienen vestidos de hierro, con armas afiladas, y su número es mayor del que pueden contar juntos los dedos de las manos y los pies de todos los presentes. Hace tiempo que conocía su existencia pero ahora los he visto de cerca. ¿Queréis saber su nombre? ¡Los romanos!

Un viento helado parece soplar sobre la explanada acompañando a estas palabras que de tarde en tarde pronunciaban los ancianos en el interior de las cabañas evocando el nombre de alguno que fue miembro de la tribu y cuya muerte enlazaba vagamente con «romanos».

110

Argos recuerda habérsela oído pronunciar también a su abuelo sin que llegara a explicar con claridad si se trataba de una especie animal desaparecida como el mamut, un grupo de hombres o una fuerza de la naturaleza, pero que despertaba un inquietante temor, que no podía ser disipado con el recuerdo de las victorias de Dusco, el astuto, el fuerte, el poderoso, pues nunca a «romanos» había vencido.

¡Por primera vez, Verges osa nombrarlos frente al fuego!

—¡Los romanos...! —repite, y sigue su discurso.

Pero Cau le interrumpe, tratando de llevar hacia el pasado la atención del grupo:

—¡El que ofende a Dusco, a cada uno de nosotros hiere! ¡Cerrar vuestros oídos a la voz que desprecia la memoria de la tribu! ¡Que sus palabras engañosas no apaguen el brillo del fuego y su voz mentirosa no interrumpa el festín!

Verges se encoge de hombros desdeñoso y murmura de modo que sólo el jefe pueda oírle.

—¡Sólo me guiaba el deseo de salvar a la tribu! —replica Cau—. Ayúdame a seguir apartándoles del peligro y te daré el mando sobre los cazadores. Prométeme que continuarás mi obra y te nombraré mi sucesor.

—¡Es tarde para imponer condiciones! ¡Ya no te necesito! ¡Ha llegado mi hora!

111

Cau insiste, y los cazadores se impacientan, irritados por el secreto del conciliábulo.

—¡Habla más alto, Verges!

—¡No retrases por más tiempo las verdades que aguarda la tribu!

—¡Te escuchamos!

Verges rechaza a Cau de un empujón, se yergue y continúa:

—¡Sí! ¡Los romanos! Llegaron a nuestras tierras hace tiempo, cuando la tribu vivía aún en los prósperos llanos. Cau era entonces un jovenzuelo que acababa de tomar el mando de la tribu. Cuando supo que los romanos se acercaban, organizó la retirada planteándola como un voluntario retorno a los orígenes, a las montañas donde Dusco había realizado sus prodigiosas hazañas y donde la tribu recobraría las antiguas virtudes. Dijo que la caza era la única ocupación digna de los hombres valientes, que no debían inclinarse hacia el suelo para trabajar la tierra o extraer las piedras del hierro.

Arrastrados por las palabras del jefe y embaucados por los relatos del hechicero, nuestros padres no sospecharon el engaño. Abandonaron las minas y el cultivo del campo y emprendieron la marcha, sin saber que los romanos venían pisándoles los talones. Obligados a cambiar con frecuencia de asentamiento, la tribu se fue empobreciendo y reduciendo. Algunos cazadores fueron expulsados por alejarse del poblado. Otros huyeron. Sólo el jefe podía inspeccionar los alrededores del poblado sin que ningún otro cazador le acompañase. En cuanto advertía señales de la proximidad de los romanos, ordenaba reemprender la marcha. Ya no había tiempo para hilar y tejer, así que volvimos a cubrirnos de pieles. Las cabañas fueron haciéndose cada vez más pequeñas y endebles. La tribu llegó así a la miseria que hoy padecemos. ¿Cuáles son nuestros tesoros? ¡Unos girones de seda, unos pocos cuchillos de hierro! ¡Restos del pasado! Preguntad a los ancianos cómo eran las casas que habitaban en los prósperos llanos y lanzad una mirada al poblado! ¡Palpad esos retazos de seda de vivos colores, y comparadlos con las ásperas pieles que hoy nos cubren! ¡Contemplad los finísimos vasos antiguos, como ese que Nasco tiene entre sus manos, al lado de los groseros y toscos jarros de barro endurecido que usamos los demás! ¿A dónde nos ha conducido la marcha interminable? ¿Somos acaso más fuertes y poderosos que cuando vivíamos en los llanos?

Los habitantes del poblado le escuchan atónitos. Jamás habían dudado de las promesas de Cau, ni sospechado que los relatos de Nasco pudieran tener otra intención que la de mantener viva la memoria de la tribu. La sorpresa es demasiado fuerte. Necesitan tiempo para reaccionar.

Tiempo que Verges aprovecha, insistiendo:

—Se nos dijo que Dusco deseaba que la tribu permaneciera reunida en torno al fuego. Pero, ¿queréis saber por qué se amenazaba con la expulsión o con la muerte al cazador que se alejara solo del poblado? Porque Nasco y Cau temían que alguno pudiese encontrarse con los romanos. ¡Nos creíamos empeñados en volver a los orígenes de la tribu cuando lo que estamos haciendo es huir como gazapillos asustados!

La sorpresa de los presentes empieza a manifestarse en opciones encontradas. Unos gritan:

—¡Cau nos obligó a caminar con falsas promesas!

—¡Su lengua es engañosa!

—¡Y cobarde su corazón!

Otros se preguntan:

—¿No somos libres todavía? ¿No nos ha salvado Cau hasta el presente de la esclavitud y de la muerte?

Cau intenta defenderse:

—¡Todo lo hice por el bien de la tribu! —dice. Y sus palabras equivalen a una confesión. Sintiéndose apoyado por unos cuantos, continúa:

—Los romanos avanzaban con rapidez por los prósperos llanos. Nada ni nadie lograba detenerlos. ¿Qué otra salida había, sino buscar refugio en las montañas? Pregunté a los principales de la tribu, y apoyaron mi decisión.

114

—¡Todos no! —replica Verges—, mi abuelo se enfrentó a los romanos y murió combatiéndolos. Expulsado de la tribu por resistir las órdenes de Cau, se unió con hombres de otros grupos dispuestos a la lucha. Cayó herido en el primer encuentro y consiguió llegar, desangrándose, hasta el poblado. Tenía algo que decir, algo que más tarde me transmitió mi padre. Yo no era más que un niño, pero recuerdo sus palabras: «Los soldados romanos —le había dicho el abuelo— son fuertes, disciplinados y aguerridos. Tienen armas afiladas y escudos protectores. Pero su caballería es escasa y pesada. Luchando en tierra y cuerpo a cuerpo, son invencibles. Pero combatiéndoles a lomos de caballos asturcones, atacando por sorpresa y escapando con celeridad para volver a atacar de nuevo, sin duda los habríamos derrotado». Entre tantas palabras desconocidas —escudo, guerra, disciplina, soldado— que aturdían mis oídos una idea se fue aclarando hasta que llegué a comprenderla claramente: los romanos tenían la fuerza, nosotros rapidez. Habían vencido por el número, nosotros les venceríamos por la sorpresa. ¡Os aseguro que mi abuelo tenía razón! ¡Yo mismo les he vencido! —Verges muestra orgulloso sus nuevas armas como prueba.

—¡Mirad esta espada y este cuchillo! ¡Eran de un soldado romano y ahora son mías!

Pasan de mano en mano y todos admiran la per-

115

fección de su factura y la agudeza de su punta y su filo.

Los cazadores que tomaron parte en la última expedición cuentan lo que no vieron, basados en las apariencias.

—Verges cabalgaba con Briga delante, abriendo camino. Tropezó de pronto con una partida de romanos...

—Yo mismo hubiera huido asustado...

—Como hizo Briga, que le iba acompañando.

—...Pero Verges les hizo frente. Venció a uno y a los demás los puso en fuga. Y aún siguió persiguiéndoles.

—¿Y qué ha sido de Briga?

—No sabemos. Tal vez se precipitó por un barranco en su huida.

—¡Mejor! ¡No admitimos cobardes entre nosotros!

—Cuando nosotros, ignorantes del choque, llegamos al lugar de la lucha, sólo encontramos el cuerpo del soldado vencido.

—¿Y Verges?

—Había corrido en persecución del resto de la partida.

—No consiguió alcanzarlos y regresó para prevenirnos del peligro y ayudarnos a traer los caballos evitando nuevos encuentros.

—A Briga nadie le ha vuelto a ver.

Las explicaciones de los cazadores, basadas en meras suposiciones, favorecen los planes de Verges, porque presentan este primer enfrentamiento como una fácil victoria, animando a los ya dispuestos a la lucha, que ahora gritan enardecidos:

—¡Preparad las armas!

—¡Ataquemos a los romanos!

—Verges nos llevará a la victoria.

Hablan de nombrar a Verges jefe de la tribu sin más dilaciones, derrocando al anciano Cau. Quieren alzarlo en hombros y hacerle dar tres veces la vuelta en torno al fuego, según la costumbre, pero no todos los habitantes del poblado lo aceptan.

Cuando más vivas son las discusiones, una voz resuena en la explanada.

—¡Deteneos!

Es Briga, el cazador herido, que avanza hacia la hoguera, tambaleándose.

—Antes de que «ése» sea nombrado jefe, ¡escuchadme!

Pálido, vacilante, con la voz ronca y los ojos hundidos, impone silencio con sólo su presencia.

—Yo acompañaba a Verges esa tarde. Probando el galope de nuestros caballos nos adelantamos mucho al resto del grupo. No es verdad que él solo haya vencido a una partida de romanos. Ni que yo huyera, acobardado. Yo estaba allí y luché también, valientemente.

Verges contempla a Briga, atónito. Creyéndole moribundo consideró suficiente impedir el acceso de Argos a la explanada para estar seguro de que nadie desmentiría su versión de los hechos. Pero el herido está en pie frente al fuego y es demasiado tarde para taparle la boca. La tribu está ávida de hechos, en esta noche pródiga en sorpresas.

Briga continúa con esfuerzo:

—Era un soldado, ¡uno solo!, lo que nos encontramos. Vagaba perdido y hambriento y le atacamos por sorpresa. Aún así os aseguro que el choque fue terrible. ¡Ved la herida que su espada me produjo! —termina, arrancándose el emplasto y mostrándosela a la tribu.

La herida se abre de nuevo y comienza a sangrar.

Argos, dándose cuenta del peligro, logra desprenderse de sus asaltantes, escupe la mordaza y corre a la explanada, a tiempo de recoger entre sus brazos al cazador que desfallece.

—¿Por qué te has levantado? ¿No te das cuenta de que estás poniendo en peligro tu vida?

—La vida de la tribu está en peligro —murmura por lo bajo Briga, ya sin fuerzas.

Con el testimonio del herido se dividen aún más las opiniones. Cau insiste:

—¿No es preferible vivir libremente en la montaña que perecer en el combate?

—No fue cobarde Cau, sino prudente y sabio al

rehuir la lucha desigual —dice Nasco, interviniendo en el debate.

—¡Pero nos engañó! —grita una voz.

—También Verges es falso y mentiroso.

Cuando mayor confusión reina en la explanada saltan de pronto dos muchachos junto al fuego, gritando:

—¡Los romanos! ¡Están muy cerca!

Son Titul y Ségor que llegan, jadeantes, después de una peligrosa travesía por las grutas de la montaña y una larga carrera a través del bosque.

La nueva produce una desbandada general, temiendo verlos aparecer de un momento a otro, pero concentra en torno a los muchachos a los principales del poblado.

—¿Dónde? —pregunta Verges.

—¡Sólo Cau, el jefe, tiene derecho a interrogarlos! —grita Nasco, colérico.

Pero Ségor ya ha dado la respuesta:

—En el valle, al otro lado del bosque.

—¿En el primer valle? Se encuentra sólo a medio sol de distancia. ¿Por qué habéis permanecido tres soles lejos del poblado? —pregunta Cau acusador.

Nasco interviene, severo, descargando en los muchachos su cólera.

—¿Así cumplís las normas de la tribu?

Titul y Ségor se miran, atemorizados. Ignorantes de los graves problemas planteados a su llegada, se creen los únicos causantes de la cólera de Nasco, de la severidad de Cau, de la violencia de Verges y la tensión general.

Tratan de disculparse, balbuceando:

—Obedecimos las órdenes del jefe. Pero tuvimos que refugiarnos en una cueva de las montañas, alarmados por un ruido extraño —explica Ségor.

Titul le interrumpe, impaciente:

—Era la cueva de Dusco. ¡Estoy seguro!

Convencido de la importancia de la noticia alza la voz, para que puedan enterarse todos los que se escondieron momentos antes.

—¡Hemos encontrado el refugio de los antiguos cazadores! ¡Hemos visto, en las paredes de una cueva, la memoria de la tribu, dibujada!

Verges se impacienta, pero la noticia tiene el poder de reunir de nuevo a los habitantes del poblado en la explanada, como si la unidad de la tribu reviviera. Nasco intenta recobrar su antiguo poder, reclamando sus privilegios.

—¿Cómo te atreves a evocar el nombre de Dusco junto al fuego? ¿Acaso un muchacho tiene autoridad y conocimientos para interpretar la memoria de la tribu? ¿Pretendes tú, Titul, el último de los habitantes del poblado, conducirme y enseñarme el lugar de los orígenes?

Titul aún tiene un resto de valor para insistir.

—Había ciervos, y bisontes, y hasta un majmú.

Y la mano de Dusco entre otras muchas manos...

—¡Basta ya! ¡Dusco! ¡Los romanos! ¿Y qué más? —pregunta Nasco tratando de fulminarlos con su desprecio—. ¿Vamos a hacer caso de dos muchachos mentirosos? —añade, dirigiéndose al grupo.

—¡Mentirosos y cobardes! —añade Cau—. Se asustaron sin motivo y se escondieron todo el tiempo. Ahora, para justificar su ausencia, inventan falsas nuevas.

—¿Falsas? —dice Verges—. Ahora lo sabremos. Díme, Ségor, ¿había muchos?

Pero es Titul el que responde.

—Sí —explica, continuando con su idea—. Muchos. Pero sólo uno tiene animales dibujados en la roca.

—¡Refugios, no! ¡Romanos! —grita, impaciente Verges.

Nasco ordena silencio a los muchachos. Cau trata de arrastrarlos a su cabaña. Verges se opone. Todos gritan. Ségor y Titul son acusados, interrogados, zarandeados, discutidos, empujados, en el centro mismo del tumulto. Tiemblan de rabia, de verse injustamente tratados como rebeldes y mentirosos y de temor ante el posible castigo.

En medio de la confusión, Verges se las arregla para conseguir las informaciones que le interesan: emplazamiento y organización del campamento romano, medidas de vigilancia y número aproximado de soldados. Quiere atacar a los romanos por sorpresa antes de la salida del sol. Si no consigue dominar la tribu, al menos un grupo le seguirá. Grita:

—¡Escuchadme! ¿Quién está decidido a combatir contra los romanos?

—¡Yo!

—¡Y yo!

—¡Cuenta conmigo, Verges!

—¡Tú eres nuestro verdadero jefe!

Son unos pocos, pero gritan tanto que parecen la tribu entera.

—¡Ya no seréis cazadores, sino guerreros! ¡Guerreros victoriosos! —promete Verges.

Sus partidarios le alzan en hombros e inician la ceremonia de la triple vuelta en torno al fuego, a la que el resto de los cazadores fieles a Cau se oponen violentamente. El mismo Verges desprecia la costumbre y pensando que no hay momento que perder grita:

—¡A las armas! ¡A los caballos! ¡Seguidme!

—¡Deteneos! —grita Cau—. ¡Celebraremos consejo! ¡Decidiremos entre todos la suerte de la tribu!

Y Nasco:

—No podéis disponer de lo que a todos pertenece. ¡Verges y los suyos quieren robar nuestros caballos!

—¿Acaso necesitamos el permiso de un viejo para tomar lo que nosotros mismos capturamos? —replica Verges.

—¡Cazadores! —grita Cau—. ¿Qué será de la tribu sin caballos?

—¡Guerreros! ¡Al galope! —grita Verges, desligándose de los que le retienen, dispuesto a salir al frente de los suyos al momento. ¿No le han reconocido unos cuantos como jefe? ¿No están dispuestos a seguirle hasta la muerte o la victoria? ¡Eso basta! ¡Sobran las ceremonias!

De las palabras se pasa a las manos y se entabla en la explanada una lucha total cuerpo a cuerpo de hombres, mujeres y niños con puños, dientes y cuchillos. Crece la confusión y el tumulto. Argos arrastra hacia afuera al herido para que no muera pisoteado. El asaltante que aún retenía a la muchacha, la suelta y acude a reunirse con los suyos. Cosla corre también, tratando de acercarse a Titul, pero el apretado grupo que se ha formado con la pelea se lo impide.

Los dos muchachos han quedado atrapados en medio y allí permanecen, sin comprender claramente la situación, atemorizados por las múltiples acusaciones y amenazas de castigo, sintiéndose rechazados tanto por Verges como por Nasco y Cau. Los tres les han gritado, por igual. ¿Acaso han sido, sin proponérselo, la causa de las presentes violencias?

Titul está agachado, con la cara en el polvo, cuando siente una mano sobre la espalda. Es la de Ségor, que cuchichea a su oído:

—¡Ahora es el momento! Aprovechemos la confusión y huyamos del poblado.

Titul titubea, temeroso. ¿Huir? ¿Abandonar la
tribu para siempre? ¿No le había parecido éste el

peor de los castigos? Mueve negativamente la cabeza
pero Ségor insiste.

—Nadie nos vigila. ¡Vamos!

—No es posible predecir, en la confusión de la

pelea, cuál será el bando vencedor, pero cualquiera que sea el resultado los muchachos temen por su suerte.

Titul levanta la cabeza, buscando todavía un rostro amigo entre los muchos airados que le rodean. Ni uno solo encuentra en la explanada. ¿Dónde están sus padres? ¿Dónde Argos, el hierbatero? La sonrisa de Cosla, ¿dónde está? Su ausencia, ¿significa que también ellos les consideran mentirosos, cobardes, traidores y rebeldes y se han retirado del círculo del fuego para esconder su dolor y su vergüenza? ¿No los han expulsado ya de su amor, como pronto serán expulsados de la tribu, mande quien mande?

Titul se decide al fin:

—¡Vamos!

Arrastrándose, recibiendo golpes y pisotones, logran atravesar el cerco de los que luchan cada vez más encarnizadamente. Hasta no acogerse al abrigo del bosque no se atreven a enderezarse. Junto a los primeros árboles, Ségor se yergue de un brinco:

—¡Sígueme! ¡Corre!

Titul lanza una mirada atrás de inútil despedida. Ségor, desde la ventaja de su arrancada inicial, sin titubeos le apremia:

—¡Corre, Titul!

Oyen pisadas a sus espaldas. ¿Acaso vienen persiguiéndoles? Se esconden y oyen gritar:

—¡Dos caballos para cada guerrero!

126

—¡Al galope!

Son Verges y los suyos que han conseguido zafarse y corren hacia el arroyo, donde se encuentra la tropilla. Los cascos de los caballos hacen retemblar la tierra en una galopada frenética.

Los muchachos vuelven a caminar y a detenerse, porque la noche parece estar llena de seres que huyen, se persiguen, vigilan, se esconden o acechan.

Lo último que alcanza a ver Titul del poblado, para siempre perdido, es el fuego que chisporrotea a lo lejos sin que nadie se ocupe de alimentarlo. La ceniza va ganando espacio a la llama.

El consejo

...entonces Dusco, el padre de la tribu, cuando
la gran sequía agostaba los manantiales de la
montaña, huía la caza y el azul de la laguna
se iba reduciendo, cediendo ante el anillo
pardo de barro reseco en que se habían con-
vertido sus orillas, montó a caballo y siguió
el rastro de los animales en busca de agua.

Regresó después de muchos soles trayendo
carne en abundancia y frutos jugosos, desconocidos en el valle. La tribu se reunió en torno
al fuego, asaron la carne, saborearon el dulce
zumo de las frutas y en la alegría del festín
levantaron en hombros a Dusco, rogándole
que los aceptara como esclavos, pero que les
guiase hasta el lugar de la abundancia.

Dusco hizo un gesto de negación con la cabeza y cuando resonaron con mayor fuerza
las súplicas de la tribu, alzó la mano y respondió a los gritos, explicando las razones de

su negativa. Dijo que un solo hombre puede dominar el caballo con la fuerza de su brazo guiada por la inteligencia e imponerle su voluntad, pero que un solo hombre no debe utilizar su fuerza y su inteligencia para dominar a los demás, porque cualquier hombre vale más que un animal.

Los habitantes del poblado se miraron unos a otros sorprendidos. Muchos creían que el hombre termina en su hambre y su sed y que ha de ser medido, igual que el animal, por el rasero de sus necesidades satisfechas. Pero en los ojos de algunos se avivó el brillo de la mirada humana de modo que se reconocieron en su verdadera dimensión, se identificaron como hombres y mujeres, no tan sólo como hembras y machos, y se reunieron gozosos en torno a Dusco sintiendo la alegría de la palabra, que así iluminaba verdades escondidas, comunicándose unos a otros el deseo de que todos los habitantes de la tribu llegaran a comprender la totalidad de su condición humana.

Este grupo de hombres y mujeres se reunió en consejo en torno a Dusco junto al fuego y por primera vez no fueron hambre y sed, frío y sequía, miedo y violencia los principales y primeros motivos de su unión, sino el deseo de vencer todos juntos el hambre y la sed, el frío y la sequía, el miedo y la violencia, en servicio del hombre.

Y rogaron a Dusco que les acompañara, caminando él primero, y esta vez Dusco aceptó.

VI. LA NUEVA CIUDAD

Titul y Ségor están rendidos después de varios soles de precipitada huida. Al principio sólo les preocupaba alejarse cuanto antes del poblado. Ahora se preguntaban hacia dónde dirigirían sus pasos.

De pronto, al remontar un altozano, un lugar donde hormiguean seres humanos se ofrece a sus miradas. No es un campamento, aunque abundan los soldados, ni un poblado de cazadores, porque ni se esconde en un repliegue de la montaña ni se defiende en lo alto de un cerro sino que se asienta en la llanura, abierta al caminante. Los muchachos no saben que se trata de un primer campamento romano que se está convirtiendo en ciudad.

Ségor, que caminaba delante, hace un gesto de atención y silencio a su compañero. Como si acabase de sorprender una interesante pieza y hubieran de prepararse para su caza.

Los dos juntos contemplan la ciudad, maravillados: es mucho, muchísimo mayor que el campamento del ejército en marcha que sorprendieron soles antes en el vecino valle del poblado, pero está organizado en idéntica forma. Las viviendas no se levantan aquí y allá, al azar, ni presentan una forma redondeada, como las cabañas del poblado, sino que se alinean dejando libres espacios regulares por los que va y viene una muchedumbre abigarrada formada no sólo de soldados, sino también de mujeres, niños y hombres que no llevan coraza, sino que visten ropas de diversos colores entre los que predominan el blanco y el rojo.

Titul y Ségor se muestran uno a otro, señalándolos con el dedo, los detalles que llaman su atención, pues no tienen palabras para nombrarlos.

Observan que dos de esos espacios libres por donde camina la gente, los más largos y anchos, se cruzan en el centro y terminan en cuatro puertas vigiladas por soldados.

Estas cuatro puertas son las únicas entradas o salidas posibles, pues el resto está rodeado de una empalizada de forma especial, junto a la que se afanan, por la parte de afuera, grupos de hombres acarreando maderos y otras piezas de material desconocido y forma regular, que amontonan cuidadosamente unas encima de otras, hasta alcanzar, en algunas partes, una altura superior a la de las viviendas.

Aquí y allá brotan manantiales que no llegan a formar arroyos porque largas filas de hombres y mujeres con cuencos de barro se apresuran a recoger el agua. También en el interior de algunas viviendas se ven lagunas diminutas terminadas en formas agudas que extrañan a los muchachos, pues todo en la naturaleza presenta unos contornos desiguales, redondeados, llenos de vida y movimiento. Por primera vez se enfrentan a la línea recta, al ángulo, al paralelepípedo, a la circunferencia, a la perfección formal nacida de la abstracción geométrica. También se levantan numerosas nubecillas de humo, indicando que hay fuego en el interior de las viviendas, pero Titul se esfuerza inútilmente en localizar el fuego tribal, alimentado sol y luna en el poblado desde que Dusco se lo arrebató a las serpientes de la tormenta.

Explanadas sí que hay, pero sin fuego. Una de gran tamaño se extiende junto a la puerta principal de la ciudad, a las afueras de la empalizada. Es alargada, de tierra lisa y cubierta de una hierba fina. En el centro, en el lugar donde debería elevarse la eterna llama, se levanta un tronco solitario, sin ramas ni hojas, que jamás fue árbol, pues no presenta el color de la madera, sino que tiene una blancura brillante y fría como de hielo. Un inmenso carámbano de hielo aparece, clavado en la hierba, resistiendo los rayos del sol.

Titul siente un escalofrío de temor y una extraña atracción al contemplarlo.

Cuando se lo señala a su compañero, preguntándole qué podrá significar aquello, Ségor responde:

—Vamos allá, y podremos verlo de cerca. Y hasta tocarlo, tal vez.

Pero no es tan fácil arrancar a Titul de la contemplación.

—¿No te das cuenta? —insiste Ségor—. ¿Qué mejor sitio para esconderse que en medio de toda la gente? Allí —dice señalando la ciudad— estaremos a salvo de la cólera de Nasco y de la condena de Cau, tanto como de la violencia de Verges. Ellos no lo saben, pero todos esos romanos están allí para defendernos. ¡Ya no tenemos que seguir caminando de noche, escondiéndonos de día, con el oído atento a las pisadas de los perseguidores! ¡Este es el final de la huida!

¡La huida del poblado! ¡El abandono de la tribu! Concentrados en las necesidades inmediatas del camino y la supervivencia, Titul apenas había tenido tiempo de repasar lo ocurrido. Ahora, frente a la ciudad extranjera que les ofrecía seguro refugio, los acontecimientos pasados acudían en avalancha a su memoria.

¡Las palabras del jefe y el hechicero, atronando sus oídos! ¡Las incomprensibles acciones de Verges y los suyos! ¡La ausencia de rostros amigos en torno

134

a la hoguera! ¡La unidad de la tribu, rota y sangrante como una granada madura! ¿Todo eso lo habían provocado ellos con sólo dos palabras? ¿De qué eran verdaderamente culpables?

A Titul seguía pareciéndole que habían cumplido con su obligación de avisar a la tribu de la proximidad de los romanos. Una acción que merecía el agradecimiento del grupo, tanto como el descubrimiento de la cueva de los orígenes. Incomprensiblemente tales nuevas habían provocado el caos: el jefe, suplantado; los cazadores, en rebeldía; el hechicero desoído; los habitantes del poblado luchando unos contra otros, cuanto más necesaria era la unión. Y los dos muchachos portadores de la nueva, rechazados y fuertemente amenazados. ¿Dónde estaba la falta? se atormentaba Titul. ¿Debían haberlas comunicado al jefe en el interior de su cabaña y no públicamente y frente al fuego? ¿Había acaso tiempo para ocultar, siquiera fuese hasta el final del festín, tan amenazadora proximidad? Más aún. ¿Podrían haberla ocultado al resto de la tribu, si el jefe Cau se lo hubiera ordenado? ¿No tenían derecho a saber los habitantes del poblado una nueva de la que tal vez dependieran sus vidas? ¿Era mejor para la tribu seguir viviendo en la ignorancia o en el vago temor de las palabras pronunciadas en voz baja en el interior de las cabañas que examinar entre todos los hechos a la brillante y roja luz de las llamas?

Titul se perdía en una maraña de pensamientos que no lograban apaciguar sus sentimientos ni aclarar sus ideas.

—¡Vamos! —decide Ségor, agarrando por el brazo a su compañero y obligándole a dar el primer paso—. ¿Ves todos esos que cruzan las puertas de la ciudad? ¡Fíjate bien! No todos van vestidos con corazas o telas de colores. Algunos usan pieles y pasan tranquilamente sin que les detengan los soldados ni les pregunte nadie de dónde vienen ni a dónde van. ¡También nosotros lograremos entrar! ¡Ya lo verás!

Mientras descienden la ladera, Ségor continúa:

—¿Te das cuenta? ¡También abren espacios lisos en el campo! Y todos conducen a las puertas. ¡Vamos allá! Se terminó el avanzar saltando de piedra en piedra, subiendo y bajando montañas. ¡Fíjate! Cuando tendrían que subir un montículo, lo rodean y en paz.

También esto contribuye a aumentar el desconcierto de Titul. Le habían enseñado que era preciso mantener oculto el emplazamiento del poblado, borrar las pistas que podrían conducir hasta allí a los extraños. Incluso debía ocultarse a la muerte su emplazamiento para que no fuera una y otra vez en busca de presas. Por eso la cabaña del hierbatero estaba a las afueras, porque acogía en ella a los enfermos y no siempre los lograba sanar, ¡y los romanos abrían espacios alargados en la maleza desde

136

distintos lugares, reconocibles a distancia y bien alisados precisamente para facilitar la llegada! Es incomprensible.

Ségor, por el contrario, acepta el hecho con entusiasmo.

—Tomaremos uno de estos espacios, el más próximo, y haremos sin esfuerzo el resto del camino. Antes de caer el sol, llegaremos a las puertas. ¡Menos mal! ¡Tengo los pies destrozados y me rinde el cansancio!

También a Titul. Pero todavía titubea. Teme que la ciudad pueda ser para ellos, más que el refugio que supone Ségor, una trampa fatal. Mientras iban huyendo por el monte se defendieron siguiendo las costumbres de la tribu. Podían alimentarse por medio de la caza o la pesca, recogiendo frutos maduros o desgranando gramíneas y machacándolas entre dos piedras, para convertirlas en harina. Podían permanecer alerta y escapar de los peligros de hombres o fieras guiados por el oído, capaz de distinguir los rumores del bosque incluso en la oscuridad, por la vista que alcanzaba a largas distancias y también por el olfato, que les advertía de extrañas proximidades. Así habían logrado escapar a través de un bosque lleno de repentinas galopadas, de pasos cautelosos, de llamadas lejanas que les perseguían en las proximidades del poblado, de todos los peligros que les acechaban en el bosque, habían logrado escapar, porque si ya no la tribu, todavía las enseñanzas recibidas en la tribu les ayudaban.

Pero ¿qué podrían hacer en ese lugar desconocido donde todo lo que estaban viendo desmentía o dejaba sin valor sus conocimientos o costumbres? ¿Dónde cobijarse si no era posible levantar una cabaña de ramas o buscar una caverna? ¿Cómo conseguir el necesario alimento? ¿Era la ciudad el final de la huida o el comienzo de nuevas y mayores angustias?

Ségor se impacienta:

—¡Más de prisa, Titul! ¡Venga! ¿Qué te ocurre? Yo también estoy cansado ¿O tienes miedo de mezclarte con toda esa gente?

—Al menos deberíamos esconder el arco y las flechas.

—O tirarlos. ¡Para lo que nos van a servir! —dice Ségor señalando en gesto de comparación las poderosas armas de los soldados romanos.

—De mucho nos han valido durante la huida —replica Titul, severo— y aún no sabemos si tendremos que huir de nuevo.

—¡No será antes de tomar un descanso! Tengo los pies destrozados. No nos vendría mal un cocimiento de hierbas de las que Argos prepara para curarlos. ¿Y tú? ¿No estás rendido?

Titul se encoge de hombros. No tiene el menor deseo de hablar de Argos, ni del poblado, ni de la tribu. Todo ha quedado atrás, definitivamente. Descuelga el arco de su hombro, suelta la cuerda que tensa la madera y lo lleva en la mano, apoyándose en él como si fuera un bastón. Esconde las flechas en el saco de cuero que aún contiene unos trozos de carne cruda y junto con su compañero sigue adelante.

Caminan de prisa y entran en la ciudad poco antes de que los soldados cierren las puertas ruidosamente y comiencen su guardia nocturna. Se oyen después sus pasos y se adivinan sus siluetas haciendo la ronda de la muralla.

Dentro, Titul y Ségor recorren aturdidos las calles iluminadas de trecho en trecho por antorchas encendidas por donde va y viene una muchedumbre ruidosa que parecía ignorar la llegada de la oscuridad de la noche.

Los primeros días los muchachos no se cansan de admirar cuanto les rodea. Titul procura calmar las ruidosas expresiones de sorpresa de Ségor, temiendo que puedan despertar sospechas en los viandantes, pero pronto se dan cuenta de que nadie les mira con extrañeza ni menos aún con recelo. La ciudad romana acoge a gentes venidas de mil lugares distintos, que hablan lenguas extrañas y visten ropas variadas, a las que poco a poco se van asimilando y unificando. Los que ayer eran extranjeros, hoy han aprendido unas cuantas palabras de latín, los que llegaron cubiertos de pieles, visten ya túnica y manto, al uso romano.

Esta mezcolanza se advierte también en el ejército. Entre la mayoría de soldados y centuriones de estatura mediana, piel tostada y perfil romano, que visten todos túnica corta bajo la coraza, casco de hierro y sandalias de cuero, se destacan tipos extraños: hombres de piel oscura, casi negra, con el pelo corto y ensortijado como el de los carneros y labios muy rojos y abultados junto a otros muy altos, de ojos azules y cabellos claros como la hierba seca, tan distintos de los del poblado que en un primer momento los muchachos dudan en darles el nombre de «hombres».

El ejército romano es precisamente lo que más llama su atención. Sobre todo Ségor no se cansa de seguir y admirar a los soldados cuando hacen guardia junto a las puertas de la ciudad, rondan de noche las murallas o se ejercitan en la explanada con la espada y la lanza, simulando combates, luchan cuerpo a cuerpo o se entrenan en el salto o la carrera.

Para esto vale la explanada, que los romanos llaman anfiteatro o circo, y no para celebrar reuniones de la tribu junto al fuego. El tronco solitario, al parecer de hielo, que tanto llamó la atención de Titul desde lejos, es una columna de mármol blanco, «la espina», punto de partida y meta de las carreras a pie, caballos o carros.

También el mercado es causa de admiración para los dos muchachos. Llegan de muy lejos comerciantes en carros cargados de las más diversas mercancías: telas brillantes, vasos de finísimo cristal, ánforas decoradas, cántaras de vino y miel, perlas, corales, cuchillos, espadas... Las extienden a la vista y procuran llamar la atención de los posibles compradores, ponderando a gritos su calidad y su extraordinaria rareza. Cuando alguien se detiene, interesado por un objeto concreto, se deshacen en reverencias, y empiezan el trato que se alarga en gestos, protestas y regateos sin fin.

Precisamente en el mercado es donde los muchachos escuchan las primeras palabras en latín, y se ponen en contacto directo con las complicadas estructuras del mundo civilizado.

—¿Te das cuenta, Ségor? —comenta Titul, después de presenciar los primeros tratos—. Los que tienen espadas o telas no intentan cambiarlas por carne, cereales o frutas para alimentarse, ni por otros objetos que puedan necesitar. ¡Fíjate bien! No se trata de dar lo que les sobra para conseguir lo que les falta. ¡Nada de eso! Lo que procuran es cambiar sus mercancías por unas piezas redondas, brillantes, grabadas con dibujos, que gustan a todos y que se guardan enseguida en las bolsas de cuero, atándolas después, y metiéndoselas en el cinturón para no perderlas.

—No sólo los comerciantes. También los soldados aprecian mucho esas piezas brillantes, que lo he visto yo. Las ganan y las pierden tirando al aire unos trozos de hueso, y se las disputan con los cuchillos, cuando no les favorece la jugada.

Los muchachos se asombran del aprecio generalizado de las monedas. Y como, más tarde, Ségor oye decir que el poseer muchas de aquellas piezas convierte a un hombre débil y cobarde en fuerte y poderoso, decide hacer la prueba. Consigue su primera moneda a cambio de ayudar a un mercader en el acarreo de unos fardos de mercancías a casa de un comprador, corre enseguida en busca de Titul:

—¡Vamos a hacer la prueba! ¡Mírame bien, Titul! ¡Fíjate cómo me convierto en un romano fuerte y poderoso!

Sin más dilación, se mete la moneda en la boca y trata de tragársela, pero algo falla en el experimento porque en vez de producir el efecto deseado, lo que ocurre es que Ségor está a punto de ahogarse atragantado. Mal hubiera terminado la cosa si su compañero no hubiese conseguido que la devolviera, dándole golpes en la espalda.

—No lo habrás entendido bien —dice, tratando de explicar el fracaso—. Así no funciona.

Pero Ségor, que presume de conocer ya el latín suficiente como para enterarse de las conversaciones de los romanos, insiste:

—Lo entendí perfectamente. Añadieron que el hombre que vive en esta casa —concreta, señalando una adornada con columnas, que es precisamente donde acaba de entregar el fardo de mercancías— es el más fuerte de la ciudad, gracias a las monedas.

Después de mucho discutir, aplicando el oído a las conversaciones de los romanos, logran enterarse de que para conseguir tan maravilloso efecto no es necesario tragar las monedas, sino que basta guardar muchas de oro y plata en una caja, llevar la bolsa llena y enseñarlas de cuando en cuando, para que todos lo sepan.

—Debe ser una especie de talismán —supone Ségor—. Algo así como ese trocito de los cuchillos de piedra del majmú que, colgado del cuello, da ánimos a los cazadores de nuestra tribu.

—¿Nuestra tribu? —murmura Titul en voz baja.

Después, más fuerte, replica a su compañero:

—Pero el majmú es un animal fuerte y poderoso —explica Titul— y es precisamente el recuerdo de la victoria de Dusco sobre el majmú lo que comunica valor a los cazadores, y no un trozo de piedra, por muy raro y brillante que sea. La memoria de la tribu ayuda a mantener el ánimo en los momentos difíciles...

Ségor parece sacudirse el recuerdo y la respuesta de un manotazo.

—¡Ayudaba! —dice—. Puede que siga ayudando

a los que se quedaron en el poblado. Pero ¿a nosotros? ¿De qué nos vale a nosotros? Dime. ¿Nos han servido de algo las historias de Dusco para vivir en la ciudad? ¡Ni una vez hemos tensado el arco desde que llegamos! Aquí no es necesario dedicarse a la caza o la pesca para sobrevivir. ¡Sobran, por tanto, ejemplos de cazadores! Para una vez que intentamos hacer lo mismo que cuando vivíamos en el poblado y empezamos a arrancar fruta de los árboles, estuvimos a punto de recibir una paliza. ¿Acaso te enseñó Dusco a escapar de un portero romano encolerizado? ¡Mal lo hubiéramos pasado, si yo no llego a arrastrarte a tiempo al otro lado de la tapia! —termina, riéndose a carcajadas.

Cierto que todo es distinto aquí, pero no por eso Titul acepta los argumentos de su compañero.

Es un hecho que para conseguir comida basta merodear por las cocinas del ejército o rebuscar en las basuras a la puerta de las casas principales disputando las sobras de un banquete con otros hambrientos, los mismos perros. Titul se resiste, pero Ségor, en pocos días, se convierte en un experto. Se entera de antemano dónde se prepara una fiesta, y allí acuden la noche señalada seguros de encontrar sobras abundantes y hasta manjares suculentos, aunque extraños para sus paladares primitivos.

Por primera vez los muchachos prueban la sal, la pimienta, las carnes guisadas, el pescado seco,

144

la verdura hervida y otros mil sabores desconocidos que les repugnan, acostumbrados como están a una cocina elemental que no conoce otra forma de preparar los alimentos que asarlos ligeramente sobre las brasas.

Ségor se decide pronto, pero tiene que insistir para que su compañero tome el necesario sustento. Un día y otro repite:

—¡Vamos, Titul! No mires ya más ese trozo. ¡Métetelo en la boca! Es carne, te lo aseguro. Carne finísima, de una especie de ciervos sin cornamenta que los romanos llaman ternera. Viene de la mesa de un banquete. ¡Y está muy rico!

Titul huele el trozo que tiene en la mano antes de decidirse a probarlo.

Esta es otra de las mil cosas que le sorprenden y desorientan en la ciudad, la enorme cantidad de olores distintos que le asaltan en todos los rincones.

En el bosque todo era distinto. Allí, dentro de un frescor básico era posible distinguir el aroma de las plantas y los árboles de un determinado paraje o advertir la proximidad de la lluvia o la amenaza del fuego o el paso de un animal por su tufo característico. Incluso era posible orientarse en la noche, guiándose tan sólo por el olfato. Pero en la ciudad los olores cambian bruscamente. Ese mismo pedazo comestible que tiene en la mano difiere totalmente en el olor con el que sujeta en la otra, y que tendrá que tragar a continuación si no quiere morirse de hambre.

Lo mismo ocurre en las calles. En un instante se pasa del penetrante perfume que deja a su paso una dama principal al olor acre de los esclavos sudorosos o la vaharada pestilente de las basuras en putrefacción.

Ségor no parece preocuparse de tales sutilezas. Mordisquea alternativamente uno y otro pedazo, contento de tener algo con que calmar el hambre, mezcla de buena gana aromas y sabores y se empeña en que se alimente su compañero.

—¡Vamos! ¡Empieza ya! Ya sé que pica y hace estornudar, pero está bueno y calienta por dentro. ¿Lo has masticado bien? ¡Pues trágalo de una vez!

Todo el tiempo que dura la comida, Ségor no para de cantar las excelencias de la civilización romana.

—¿Sabes? Estos espacios libres se llaman vías y continúan por todos los campos del imperio. Siguiendo la que sale por la puerta grande y andando mucho tiempo se puede llegar a Roma, sin perder el camino empedrado. Roma es la primera ciudad del mundo. Es mil veces mayor que ésta y está llena de fuentes, palacios y jardines.

Pronuncia esta palabra —Roma— con una mezcla de temor, admiración y deseo. Titul entre tanto mastica con desgana los alimentos y los traga con esfuerzo.

—¡Ni que fueran monedas! —comenta Ségor burlándose de su propia ignorancia anterior—. ¡Vamos, Titul! ¿Cuándo vas a empezar a acostumbrarte?

Ségor parece haberlo ya conseguido. Y no sólo con respecto a la comida. Cambió al poco de llegar las pieles que traía del poblado por una túnica usada pero todavía en buen estado y el arco y las flechas por unas sandalias de cuero como las que gastan los soldados. Se esfuerza en aumentar día a día su caudal de palabras latinas de modo que no sólo es capaz de entender lo que hablan entre sí los romanos sino que puede mantener ya una conversación en latín con bastante soltura.

Todo esto hace que los muchachos se vayan distanciando poco a poco. Ahora sólo se reúnen al anochecer pues Ségor gusta cada vez más de mezclarse con los romanos mientras que Titul prefiere los lugares apartados y suele pasar el día fuera de la ciudad. La cantera es uno de sus lugares preferidos. Allí pasa las horas observando a los que arrancan la piedra y la tallan cuidadosamente.

Esta tarde Ségor viene en su busca antes de anochecer. Trae la túnica apretada a la cintura con el cíngulo y muy abultada por arriba.

Grita desde lejos:

—Titul, ¡mira lo que traigo!

Y saca de la túnica que le servía de bolsa una manzana y se la tiende a su compañero.

—¡Tengo muchas! ¿Qué? ¿Te gustan?

Mientras las comen a mordiscos, saboreándolas con delicia, Ségor explica:

—Me las dio un soldado. ¿Sabes? Es algo increíble. Dice que los soldados siempre tienen comida. No han de salir a cazar ni a buscarla siquiera. El centurión cuida de que nada les falte porque sabe que un soldado si no come, no lucha. ¿Qué te parece, Titul? ¡Comida segura toda la vida! Y no sólo eso. También les dan armas y ropa y moneda. Después de cada batalla el centurión reparte lo que se ha conquistado al enemigo y cada uno recibe su parte en el botín.

De pronto, Ségor cambia de tono, se acerca más y continúa en voz baja:

—Me he enterado de que están buscando soldados para organizar una nueva Legión. Llegarán cartas de Roma pidiendo refuerzos. Se lucha en todas las fronteras del Imperio, por eso están admitiendo a gente del país, incluso a muchachos como tú y como yo. ¿Qué te parece, Ségor? ¡Podríamos llegar a Roma, la primera ciudad del mundo y pasearnos por sus vías!

Titul se le queda mirando de hito en hito.

—¿Estás proponiendo que nos enganchemos en el ejército romano? —pregunta.

—¡Naturalmente! ¡Comida segura! ¡Una espada! ¡Y el mundo por delante! ¿Qué más se puede desear?

Titul arroja a lo lejos el corazón roído de la última manzana como respuesta, pero Ségor le apremia:

—¿Qué te pasa, Titul? ¿No te gustaría ser soldado romano?

—¡No!

—¿No? —repite Ségor, sorprendido—. Entonces, ¿qué quieres hacer tú?

Al parecer, Ségor está completamente decidido. El «tú» final así lo indica. Insiste todavía:

—¡No podemos seguir rebuscando entre las basuras! ¿Cómo piensas vivir?

Titul calla. No lo sabe. La verdad es que no lo sabe. Considerando imposible el regreso a la tribu, ¿hacia dónde dirigirá sus pasos?

149

Ségor tiene prisa. Se encoge de hombros y termina:

—¡Allá tú! Yo dormiré esta noche en el campamento. Mañana temprano empezaremos a entrenarnos en el estadio. Pásate por ahí, si al fin te decides. El centurión me ha prometido ponernos a los dos en la misma decuria. No quiero luchar contra ti, ni siquiera en los entrenamientos.

Habla deprisa, en tono firme, pero le tiembla la voz en la despedida. Alza la mano a la romana:

—¡Ave, Titul!

Da media vuelta y se dirige al campamento. Titul le sigue diciendo:

—¡Espera un momento, Ségor! Aguarda al menos hasta mañana. Tenemos toda la noche para hablar. Lo pensaremos juntos. ¿No te das cuenta de que tal vez tendrás que enfrentarte con los hombres de la tribu? ¿Qué harías entonces? ¿Lucharías contra ellos?

Ségor se detiene bruscamente y grita:

—Eso no ocurrirá nunca. Mientras tú pasas las horas muertas mirando a los canteros, yo me ocupo de lo que pasa en el mundo. ¡Verges y los suyos han sido vencidos! Los soldados que regresaron de la última batida por estos alrededores trajeron caballos asturcones como botín de guerra. ¿Recuerdas ese negro que montaba Verges, el que tiene una estrella blanca entre las orejas? ¡Ahora lo tienen los roma-

150

nos! El centurión trataba de montarlo esta tarde en el anfiteatro, sin conseguirlo. ¡Se sorprendió mucho de que yo fuera capaz de dominarlo sin bocado ni montura, tan sólo con la ayuda de una correa pasada por el cuello! ¿Quieres enterarte de una vez, Titul? Los nuestros, los que fueron los nuestros, ya no existen.

Ségor reemprende la marcha. Titul le sigue con la mirada hasta que entra en el campamento del ejército romano.

La piedra I

...entonces Dusco, el padre de la tribu, encolerizado contra la piedra enemiga que había hecho caer al vacilante cachorro hiriéndolo en la frente, la lanzó violentamente al suelo con tal fuerza que consiguió romperla.

Saltaron de la piedra, todavía manchada con la sangre del cachorro humano, cortantes esquirlas con las que Dusco fabricó cuchillos y puntas de flecha condenándola para siempre a la sangre y la violencia.

Usó al principio lajas de pizarra, fáciles de separar, pero que perdían el filo a los primeros cortes. Buscó luego piedras de mayor dureza y procuró modelarlas golpeándolas unas con otras, castigándolas unas con otras, consiguiendo útiles cada vez más resistentes y afilados.

Cuando por vez primera quiso tallar el sílex observó aterrado que brotaban chispas

de su interior. Tembló ante el poder de la piedra enemiga que mantenía al fuego prisionero.

Después, cuando se disponía a atirantar el arco, Dusco se detenía unos instantes admirando la gracia del cervatillo, la fuerza del bisonte, la potencia del oso y se dolía de que esa gracia, esa fuerza, esa potencia, se convirtieran pronto en presa ensangrentada por culpa de la piedra enemiga que ya silbaba en el aire acompañando a la muerte.

Cuando montaba Dusco a pelo su caballo de crin revuelta, de cascos duros, que aún conservaba toda su salvaje osadía, sólo la piedra le obligaba a detenerse. Por eso siempre estuvieron en guerra la piedra y el cazador.

VII. EL NOMBRE OLVIDADO

Tulio, el joven arquitecto, sale temprano de su albergue esta mañana para dirigirse a las canteras. Necesita vigilar personalmente la extracción de los bloques de mármol destinados a la ampliación del foro. Quiere estar seguro de que las columnas del nuevo templo de Vesta serán de un precioso mármol blanco, cruzado por diminutas venas azuladas, que parezcan venillas, que se destaquen sobre la piel del mármol, comunicándole un palpitar de vida. Dicen que así son las que adornan el pórtico del palacio donde se albergan en Roma las vestales, las que mantienen vivo el fuego del Imperio.

Le precede un ayudante cargado con una caja cilíndrica que contiene los planos enrollados. También lleva la tablilla encerada y el estilo, para las anotaciones y cálculos de último momento.

Al cruzar el foro, desierto a estas horas, Tulio se lo imagina tal y como lo ha proyectado, admirándose una vez más del rápido progreso de la ciudad.

Hace diez años no era más que un campamento militar, uno de esos grandes cuarteles de invierno en los que descansa el ejército romano entre campaña y campaña.

Hace tan sólo cinco, cuando Tulio la vio por vez primera, se había ya ampliado, con las viviendas formadas por soldados veteranos, retirados del ejercicio de las armas que allí habían fijado su residencia definitiva, y por pequeños grupos de indígenas romanizados. Ya estaba organizada como ciudad, gobernada por un Prefecto y se estaban construyendo las murallas y pavimentando las vías principales.

En los últimos años se había desarrollado hasta tal punto que las primitivas murallas quedaban ampliamente rebasadas en los nuevos barrios trazados a cordel, de vías tan anchas que pueden cruzarse dos cuádrigas de frente sin dificultad en toda su longitud, y donde las viviendas se alternan con amplios jardines, columnatas y fuentes monumentales.

La fama de la creciente importancia de la ciudad se extendía hasta tal punto que acababan de llegar cartas del Emperador concediendo a todos sus habitantes la ciudadanía romana, igualándolos en derecho y dignidad a los nacidos en la misma Roma.

Por eso el Prefecto se plantea ahora la ampliación del foro, lugar de reunión de los ciudadanos, donde se comentan las noticias llegadas de todos los rincones del Imperio y se administra la justicia, y que resulta insuficiente para las actuales necesidades. También procura el embellecimiento del casco antiguo, dotándolo de nuevos templos, palacios, jardines y columnatas que muestren su riqueza y prosperidad.

Tulio, a pesar de su juventud, había sido encargado de los planos de la columnata del foro y del nuevo templo de Vesta. Aprobado el proyecto, ahora debía ocuparse de su realización, lo que se dispone a hacer con el mayor cuidado y entusiasmo, dada la importancia de la obra. Quiere estar siempre presente, dirigiendo a los operarios, vigilando el cumplimiento de sus planes de trabajo, rectificando los planos si fuera necesario, perfeccionando las técnicas de la talla y la construcción, siguiendo hora a hora la realización material del proyecto, desde la extracción de la piedra y el mármol en las canteras hasta la colocación de las esculturas que adornarán la columnata.

Por eso esta mañana Tulio cruza el foro desierto con paso rápido. El ayudante, para acortar el camino, se interna por el barrio de las tiendas y el arquitecto le sigue en dirección a la plaza del mercado.

Aquí, sí. Aquí los habitantes del barrio —tenderos, bodegueros, pequeños comerciantes— hace tiempo que abandonaron el lecho y bullen por las callejuelas en ajetreo de idas y venidas. A los ciudadanos se mezclan los campesinos de los alrededores que, dos veces por semana, acuden al mercado cargados de frutas y hortalizas, gallinas y huevos, miel y tortas y otros productos fruto de su trabajo, que ofrecen a los madrugadores, amontonándolos a la vista de los posibles clientes.

El gentío se intensifica. Los que se detienen a mirar las mercancías estorban el paso, y los que se cruzan en direcciones contrarias se empujan unos a otros.

El ayudante abre paso, golpeando a los de delante con el estuche de los planos, gritando sin cesar:

—¡Paso! ¡Abrid paso al gran Tulio, el arquitecto!

Algunos se retiran, por el efecto convincente de los golpes, más que por el respeto que exigen los gritos, abriendo hueco al joven romano vestido con elegancia, de túnica larga y blanca toga. Todavía su nombre, a pesar del «gran» añadido por el ayudante, no tiene poder para dividir en dos la masa de la plebe, como ocurre cuando les anuncian la llegada del Prefecto o de un Centurión, pero algún día llegará en que esto ocurra. Y no sólo en esta lejana ciudad de provincias, sino incluso en Roma, donde Tulio sueña superar la fama del mismo Vitrubio, arquitecto del César.

Hoy por hoy Tulio tiene que soportar los empujones de las gentes del mercado, sin que los esfuerzos de su ayudante consigan evitárselos. Trata, al menos, de no perder la compostura. Camina sin que se altere la elegancia de los pliegues de su túnica, sin que se rompan las perfectas líneas de su toga, dignas de ser copiadas en mármol por un escultor de renombre.

En este momento, en que Tulio valora satisfecho su situación actual y adelanta en su imaginación su gloria futura, justo en este momento, se alza una voz a sus espaldas:

—¡Titul!

Un grito, mezclado a otros muchos en el alboroto del día de mercado pero que el joven arquitecto percibe claramente, estremeciéndose. ¡Hace tanto tiempo que usa su nombre romanizado que se detiene, sorprendido, al oírse llamar como cuando vivía en el primitivo poblado de la montaña!

Se vuelve, bruscamente, sin importarle ahora que túnica y toga se desordenen, y trata de localizar el sitio de donde surgió la voz, atento a la posible repetición de la llamada. Pero en torno suyo sólo hay rostros que le miran con indiferencia y enseguida con irritación al joven bien vestido y al parecer ocioso que les estorba en el trabajo. ¿Estará confundido? ¿Ha sido una ilusión? ¿O una de esas trampas del recuerdo que hacen surgir, repentinas como el relámpago, un jirón del pasado?

Pero no. Está seguro de haberlo oído con toda claridad. Y no sólo el nombre. También le ha parecido recordar el tono de la voz. Una voz de mujer, que sonaba más dulce en el pasado, cuando era la de una muchachita ilusionada: Cosla.

El joven arquitecto sigue escrutando los rostros que le rodean cuando siente que le llaman de nuevo, pero esta vez:

—¡Tulio!

Es el ayudante que ha retrocedido al darse cuenta de que el breve espacio abierto por sus gritos volvía a cerrarse en el vacío, porque su jefe, inexplicablemente, se retrasaba.

—¡Tulio! Debes caminar pegado a mis talones pues de lo contrario, esta turba de mercaderes terminará por arrollarte.

Tulio-Titul titubea. ¿Qué hacer? ¿Seguir adelante? ¿Acudir al trabajo concreto, olvidando la misteriosa llamada? Sería lo más razonable. En la cantera le esperan los operarios con las cuñas dispuestas y las poleas preparadas. Ya estarán las cuerdas húmedas para que no se prendan con el calor del roce, pues saben que será duro el trabajo de esta jornada. De la elección, de la perfecta talla de estos bloques de mármol que el arte convertirá en columnas depende su fama futura. No es prudente confiar tan delicada tarea a un capataz. Debe dirigirla personalmente el arquitecto pero Tulio-Titul sabe que no lo hará. Que al menos esta mañana no lo hará porque necesita escuchar de nuevo dos sílabas pronunciadas por esa voz que acaba de vibrar en el aire, después de tanto tiempo: ¡Ti-tul!

Se dirige al ayudante y le transmite órdenes precisas:

—Corre a la cantera y suspende el trabajo. Que los operarios se ocupen hoy de arrancar los bloques de granito que se usarán en la cimentación. Sólo el granito. ¿Lo has entendido?

El ayudante le mira, sorprendido. Algo grave tiene que haber pasado para que así interrumpa el trabajo, después de tantos y minuciosos preparativos. Levanta la cabeza y atisba el vuelo de los pájaros. ¿Tal vez Tulio añade a sus conocimientos de arquitectura el poder de descifrar la marcha de los acontecimientos en el movimiento de las alas de las palomas, como aseguran los augures?

Balbucea:

—¿No es momento propicio para trabajar el mármol?

—¡No! —responde Tulio con sequedad, pues desea mantener secreto el motivo de tan repentino cambio de planes.

El ayudante insiste:

—¿Es hoy acaso un día nefasto? —pregunta, tembloroso.

¿Quién sabe cuántas desgracias imprevistas pueden ocurrir en una de estas jornadas de mal augurio? Sabido es que la suerte nefasta del personaje principal alcanza a sus ayudantes y criados.

Tulio-Titul responde, en parte para tranquilizar al asustado y en parte porque así lo siente:

—Todavía es pronto para saber si hoy será un día fasto o nefasto. Tú, de momento, ¡apresúrate! Ve a la cantera y transmite mis órdenes.

El ayudante titubea, dividido entre el deseo de permanecer al lado del arquitecto y compartir su buena suerte o el temor de que sea la desgracia lo que le aguarde en su compañía.

—¿No me has oído? —grita Tulio-Titul, fingiendo una cólera que está lejos de sentir, pero que le ayudará a quitarse de encima a su inoportuno ayudante—. ¡Corre!

Este se decide y empieza a romper el compacto gentío, golpeando las espaldas de los que tiene delante con el estuche de los planos, gritando:

—¡Paso! ¡Paso a los planos del gran Tulio, el arquitecto!

Una vez solo, Tulio-Titul se dispone a iniciar sistemáticamente la búsqueda. No será fácil, porque el mercado está en su apogeo. Tendrá que rodear montones de verdura, sortear corderos y gallinas, atravesar por encima de sacos de cereales y abrirse paso a codazos para dirigirse al sitio donde le pareció que había surgido la voz.

162

Por mucho que esto le interese, el joven arquitecto no puede por menos de extrañarse de que se comience el embellecimiento del foro y se olvide el ensanche, mucho más urgente, del mercado. Tendrá que recordárselo al Prefecto de la ciudad, proponiéndole un paseíto en días como éste, a ver si sigue considerándolo innecesario.

Pero no es ahora precisamente la ciudad lo que más le interesa. Inspecciona los puestos, deteniéndose donde el tipo de las mercancías amontonadas —nueces, piñones, castañas, miel, pieles y caza— parecen provenir de las montañas y vigila uno por uno a sus vendedores. No es tarea fácil, porque las mujeres de las tribus no romanizadas tratan de ocultar su rostro a los extraños con sus mantos oscuros. Más de una vez Tulio-Titul se ve forzado a seguir adelante ante gestos, miradas y aun palabras coléricas con que estas gentes rechazan su insistente inspección que consideran muestra insultante de la insolencia de un joven romano desocupado.

Después de dar mil vueltas por el mercado se fija en una mujer que primero se vuelve bruscamente de espaldas y se escapa después por una callejuela lateral cuando Tulio-Titul intenta acercársele. Trabajo le hubiera costado darle alcance si un soldado romano, al salir de una taberna, no hubiera tropezado con ella, derribándola con la violencia del encontronazo. Se le resbala entonces hacia atrás el manto y el joven arquitecto puede verle la cara. No hay duda. Es Cosla. Pero no la muchachita de entonces, sino una mujer que del fruto del avellano del que toma su nombre no ofrece la dulzura del interior sino la dureza de la cáscara.

—¡Cosla! —grita—. ¡Soy yo! ¡No te has equivocado! Pero... ¿qué vas a hacer? ¡Aguarda!

En dos zancadas llega a su lado, pero ya Cosla ha conseguido levantarse y hace ademán de seguir corriendo, pero lanza un gemido y tiene que apoyarse en el muro para no caer otra vez. Le ofrece una ayuda que Cosla rechaza con violencia.

—¿Qué te pasa, Cosla? ¿Dudas todavía? Ya te he dicho que soy yo realmente, Titul, tu compañero de juegos en el poblado, tu amigo...

La mirada de Cosla parece rechazarlo.

—Ya lo sé.

—¿Entonces...? Si antes me has llamado, ¿por qué huyes ahora de mí?

Cosla continúa apoyada en el muro. Le mira unos instantes en silencio. Y responde:

—Yo no te llamé.

—Pues yo reconocí tu voz pronunciando mi nombre. ¡Bueno! Mi antiguo nombre. Ahora me llamo Tulio —explica, con cierta vanidad.

—No te llamé —repite Cosla—. Fue la sorpresa, que me hizo gritar.

164

—¡Yo te he estado buscando toda la mañana!

—Varias veces has pasado por delante de mí sin darte cuenta.

—Te esconderías, tapando el rostro con tu manto.

—Yo he sabido reconocerte a la primera mirada, desde lejos, con ese pelo y esas ropas —insiste Cosla en tono de reproche.

Tulio-Titul cambia bruscamente de tema, tratando de buscar una salida airosa a este intercambio de palabras cortadas que empieza a parecer una disputa. Se arregla los pliegues de la toga y esboza una sonrisa.

—El caso es que, al fin, después de tanto tiempo, tú y yo nos volvemos a encontrar frente a frente.

—Tú lo has dicho —remacha Cosla—, frente a frente.

Duras palabras que no sólo significan rechazo, sino oposición.

Tulio-Titul siente que Cosla se le escapa en la amargura de sus respuestas y de nuevo intenta soslayar los temas importantes, ganar tiempo en frases cordiales que les ayuden a establecer una comunicación interrumpida demasiado tiempo.

Se inclina, interesándose por su estado.

—¿Te has hecho daño? ¡Ese torpe soldado romano...!

—Todos son así —interrumpe Cosla, rápida.

¿Todos los soldados o todos los romanos? El tono de Cosla no deja demasiada posibilidad de duda. A juzgar por las miradas críticas que lanza al pelo y ropas del joven arquitecto, de las que tan orgulloso se sentía momentos antes, debe referirse no sólo a todos los romanos sino también a sus amigos.

Tulio-Titul simula no haber advertido la intención de las palabras e insiste:

—¿No puedes poner el pie en el suelo? Deja que te ayude.

—No te preocupes por mí. Argos me curará.

De nuevo el joven se siente removido en su interior. ¡Naturalmente! Cosla no ha venido sola a la ciudad. ¿Cómo no se le habría ocurrido preguntarle antes quiénes eran sus compañeros? Lo cierto es que siente una cierta sensación de alivio al saber que es un viejo.

—¿Argos está también aquí?

—Sí. Trajimos hierbas curativas para vender en el mercado. Es la primera vez que tenemos tratos con los romanos. Cau no quería y Verges nos amenazó con la muerte si veníamos, a pesar de que sólo puede mover un brazo. Dice que es preferible dejarse morir de hambre a pactar con los romanos. Pero aún quedan niños en la aldea y por ellos nos decidimos.

—¿Tan mal van las cosas en el poblado?

—Los manantiales se agotan, los campos se

secan, la caza escasea y apenas quedan hombres útiles para cualquier trabajo.

—¿Dices que...?

—Sí. Muchos murieron en la lucha. Y otros huyeron. Como tú —remata Cosla, amarga—. También hay hombres inútiles por las heridas recibidas en la lucha, como Verges. O viejos, como Cau o el mismo Argos... ¡Argos! Estará inquieto, preguntándose qué habrá sido de mí. Me separé de él, al verte. ¡Y he estado tanto tiempo, esquivándote! Debo volver a su lado.

Intenta andar pero no lo consigue, ni aun apoyándose en los muros.

—Vamos allá —dice Tulio-Titul, ofreciéndole de nuevo el brazo.

Esta vez, Cosla acepta la ayuda.

—Vamos.

Se han ido agotando las mercancías y apenas queda gente en la plaza ultimando sus compras. Atraviesan el mercado por enmedio hacia la calleja donde Cosla dice encontrarse el tenderete de las hierbas aromáticas.

Efectivamente. Allí está. Bien parecen haberse dado las ventas, pues apenas quedan hierbas en el puesto. Retenido por el lento caminar de Cosla, deseoso de saludar cuanto antes al hierbatero, Tulio-Titul grita:

—¡Argos! ¡Soy yo, Titul!

El hierbatero alza la cabeza y contempla sorprendido al joven romano vestido con elegancia que acompaña a Cosla. Sorpresa que se acrecienta cuando al fin lo reconoce.

Corre a su encuentro.

—¡Titul! ¿Es verdad lo que ven mis ojos? —exclama, abrazándole—. ¡Ya había perdido la esperanza de volverte a ver! ¡Déjame que te mire bien! Estás mucho más alto y fuerte que cuando desapareciste del poblado. ¡Todo un hombre! Hasta barba tendrías, si no fuera por esa estúpida costumbre romana de afeitarse la cara.

Le rodea, para admirar su porte y sus ropas. Deseoso de nuevas, le interroga:

—¿Qué ha sido de ti durante todo este tiempo, Titul?

—Ahora se llama Tulio —rectifica Cosla, intencionada.

—¿Tulio? —repite Argos—. No suena mal, pero yo seguiré llamándote como en los viejos tiempos. Dime qué has hecho, por dónde has andado. Parece que no te ha ido mal del todo entre los romanos.

Frente al rechazo de Cosla, la cordial acogida del hierbatero emociona y consuela al joven. Pero antes de iniciar el relato de su vida, antes de lanzar las preguntas que le queman en los labios y que las frases cortantes de Cosla hicieron imposibles, dice:

—Tiempo habrá para todo. Pero antes tendrás

que curar a Cosla, que ha sufrido una mala caída...

—Yo no me caí —protesta—. Me derribó un romano.

—...y apenas puede apoyar el pie en el suelo.

Ahora se explica Argos la aparente contradicción que notaba entre el gesto y las palabras de Cosla. Si acepta el brazo del joven, si permanece apoyada en él, no es por afecto sino por estricta necesidad. Sin su ayuda no puede permanecer en pie. ¡Aun así le resulta penoso! Pero aguanta valiente el dolor, tratando de ocultarlo.

Argos prepara la cura.

—¿Por qué no habéis interrumpido antes a este viejo loco? —dice—. Vamos, no sigas ahí parada. Siéntate en estos fardos. Están vendidos y pronto vendrán por ellos, pero no se estropearán las hierbas porque te sirvan de asiento unos instantes. Dime, ¿dónde te duele? ¿Aquí? Has tenido suerte. No hay ningún hueso roto, pero sí fuera de su sitio. Enseguida te lo coloco. Es fácil, pero tendrás que aguantar el dolor. Agárrate con fuerza de las manos de Titul, híncale las uñas si es necesario, pero no te muevas. ¿Preparada?

Cosla asiente con la cabeza y el hierbatero trata de reducir el hueso descoyuntado. La mujer aguanta sin lanzar una queja. Apenas advierte Tulio-Titul un pasajero aumento de la presión en el momento más doloroso.

—¡Ya está! —anuncia el hierbatero.

Venda el pie dañado después de haberlo frotado enérgicamente con un puñado de flores de lavanda y dice:

—Prueba a levantarte.

Cosla comprueba, asombrada, que aunque le sigue doliendo, ya puede apoyar el pie en el suelo y hasta dar unos pasos sin ayuda.

—¡Muy bien! —dice Argos—. Ahora es necesario que camines, pues conviene que no se enfríe la cura. Ya descansarás más tarde, tumbada y con el pie en alto, para que baje la hinchazón.

Es evidente que Cosla, en este estado, no puede iniciar el regreso al poblado inmediatamente.

Tulio-Titul aprovecha la ocasión y decide:

—Os acompañaré a mi albergue. Todavía no tengo casa propia —dice, como disculpándose—, pero dispongo de varias habitaciones en la vivienda de un veterano. El sitio es tranquilo y la mujer del veterano, limpia y amable. Os recibirá gustosa y nos ayudará a cuidarte, hasta que podamos regresar juntos al poblado.

Cosla alza la mirada interrogante y repite, temblorosa:

—¿Juntos?

El joven arquitecto también está sorprendido de sus propias palabras. ¿De dónde ha surgido esta repentina decisión, que desmiente los planes que esta misma mañana acariciaba para su futuro? Lo cierto es que Roma, Vitrubio, la fama, parecen haberse desvanecido ante dos sílabas —Ti-tul— pronunciadas por una voz que creía olvidada.

Confirma, decidido:

—Sí. Hasta que podamos regresar al poblado, los tres juntos.

La piedra   II

...entonces Uxora, cuando se acercó a la orilla para beber y calmar la sed de su cachorro aguardó a que se remansaran las aguas y aparecieran de nuevo, como en el primer instante, sus rostros extendidos sobre la superficie de la ladera.

El agua estaba tan clara y la tarde tan en calma que se veían también las piedrecitas del fondo. Las había de muchos colores: azules, negras, rojas, verdes, grises... Uxora se dío cuenta de que el agua había vencido a la piedra enemiga, suavizando los bordes cortantes, puliendo las superficies, hasta horadando algunas.

El niño introdujo la mano juguetón, y sacó un puñado y se entretuvo en enfilarlas en un tallo de hierba que se colgó después al cuello, gozándose con tantos y tan brillantes colores.

Uxora sacó piedras más grandes y las encontró tan suaves al tacto como una mano amiga y las fue incorporando a su trabajo.

Piedras redondas le sirvieron para moldear los primeros cacharros de barro que endureció más tarde al fuego. Sobre tres piedras colocó el cacharro y calentó agua por vez primera. Atando piedras al extremo del rudimentario telar mantuvo tensos los hilos que antes se le enredaban al tejerlos. Entre dos piedras planas trituró los primeros granos de trigo y sobre piedras calentadas al fuego coció por primera vez un pan.

Y aunque Dusco seguía mirando con desconfianza la entrada de la piedra en su hogar, Uxora sostenía que ya no eran éstas enemigas porque el agua había borrado sus aristas de sangre y violencia.

VIII. EL REGRESO DE TITUL

Las gentes del poblado se asoman tímidamente a la puerta de las cabañas atisbando, semi a escondidas, el regreso de los que se fueron, con la oposición de la tribu, al mercado de la ciudad romana. De esto, hizo ya varios soles. No contaban con ellos. Habían sumado dos más al número de los que abandonaban la tribu para siempre. Su inesperado regreso más produce recelo que alegría.

Tan sólo los niños, los primeros en divisarles, bajan corriendo al bosquecillo, pero tampoco se acercan a darles la bienvenida. Al encontrarse con el desconocido romano que forma parte del grupo, retroceden asustados y corren a refugiarse junto a sus padres, en el interior de las cabañas.

La comitiva —Argos, Cosla, Tulio-Titul y tres caballos de carga— ascienden lentamente siguiendo un sendero que el ir y venir de los habitantes del poblado ha ido trazando entre la maleza.

El joven arquitecto murmura por la aspereza de la trocha, añorando la comodidad de las vías romanas. Tenía razón Argos. Hubiera sido imposible conducir un carro a través del valle. Por eso tuvieron que limitarse a cargar completamente dos caballos con mercancías para remediar las necesidades más apremiantes y a medias el tercero, en el que Cosla regresaba montada.

A medida que se acercan al poblado y pueden contemplarlo mejor, Tulio-Titul va sintiendo una mayor angustia. El aspecto es desolador. Son más las cabañas derruidas que las que permanecen en pie, y aun entre éstas, de pocas se desprende la humareda del hogar.

Dirige sus ojos a la explanada y lanza un suspiro de alivio. Aunque invadida por la maleza, al menos aquí el fuego permanece vivo.

Pero, ¿dónde está la alegría del regreso? ¿Los preparativos del festín con que la tribu recibía a los cazadores? ¿La expectación ante las nuevas? ¿El gozo elemental de las sorpresas que cualquiera, ausente durante algún tiempo, puede aportar? ¿El reparto entre risas de las provisiones y la satisfacción de la abundancia? Nada de esto encuentran, sino miradas furtivas, recelo, temor y silencio.

Tulio-Titul había imaginado este momento de muy distinto modo. En su fantasía montó una escena parecida a las que están grabadas en piedra en los arcos triunfales: la llegada del general victorioso, cargado de riquezas, aclamado a su regreso a la ciudad, donde es recibido con una gran ovación. También él regresaba triunfador, con sus deslumbrantes ropajes romanos, anillos de oro, dispuesto a repartir a manos llenas comida, telas y utensilios diversos a los míseros habitantes de un poblado indígena, acosado por el hambre.

Decepcionado, tratando de recuperar al menos en parte las escenas de su fantasía, se lleva las manos a la boca, dispuesto a ser heraldo de sí mismo y anunciar a los habitantes del poblado los bienes que, magnánimamente, aporta para remedio de sus males, pero Cosla, que durante los días de permanencia en la ciudad apenas parecía prestarle atención, se inclina hacia él desde el caballo, le toca la boca, sellándole los labios con un dedo y ordena:

—¡Silencio!

Tulio-Titul no se atreve a replicar, tan imperioso es el gesto.

Siguen avanzando, sintiendo las miradas que les espían desde lejos y parecen rechazarles con su fingida indiferencia. Ya en la explanada, Argos ayuda a descabalgar a Cosla y propone.

—Ayudadme a colocar todo esto.

No se conforma Argos con descargar los fardos para que descansen las caballerías, sino que los desata, los abre y vacía su contenido en unas pieles que Cosla acaba de extender sobre la maleza, procurando colocarlo todo ordenadamente, como los campesinos cuando llegan a las plazas del mercado: frutas, carne, verdura, cántaras de vino, panes y tortas... A otro lado las telas, los cuchillos y las herramientas, con tanto cuidado como si tuvieran que atraer al más exigente comprador.

Parece llegado el momento de llamar a los habitantes del poblado e iniciar el reparto, pero ahora es Argos el que advierte:

—No los llames, Titul. No acudirían a la explanada. No les queda alegría para fiestas. Bajarán más tarde, empujados por la necesidad, y tomarán a escondidas lo preciso para aplacar el hambre, avergonzados de recibir ayuda de un romano.

—¡Yo no soy un romano! Pertenezco a la tribu...

—¿Tú crees? —corta Cosla, señalando su aspecto sano y vigoroso, sus caballos arreglados conforme a una de las treinta y seis maneras distintas que, según los escultores, se puede peinar la cabeza de un patricio, sus ropas perfumadas, sus manos con anillos de oro y los compara con el aspecto miserable que ella misma y Argos ofrecen.

—Pero quiero ayudarles —protesta el joven.

—Hemos perdido el hábito de recibir ayuda —añade Cosla.

Argos trata de explicarle los sentimientos de las gentes del poblado.

—Desconfían de todo. ¡Son muchos soles de ir muriendo poco a poco! Compréndelo.

—Entonces... ¿Tan grave es la situación?

—Sí, tan grave es. Tú mismo la irás sintiendo poco a poco.

Tulio-Titul lanza una mirada a su alrededor: las cabañas abandonadas; los niños temerosos; las gentes retraídas. Hasta el fuego de la explanada parece sitiado por un ancho cerco de ceniza.

Argos, después de palmear la grupa de los caballos para que se reúnan con la tropilla y de coger un tizón encendido, se dirige en silencio a su cabaña. Cosla y el joven lo siguen.

Por primera vez desde su regreso Tulio-Titul se siente reviviendo el pasado. Nada ha cambiado en la cabaña del hierbatero. Cierto que Argos está un poco más viejo. Su pelo blanquea y sus hombros están más encorvados, pero esto último, más que por la edad, parece ser la consecuencia de sus paseos por el bosque, siempre inclinado hacia sus preciadas hierbas.

Aspira con delicia el ambiente en el que se mezclan mil aromas distintos. Acaricia los ramos que penden de las paredes, las hierbas que se secan extendidas en el suelo, las hojas que rebosan de los tazones de barro. Toma aquí y allá unas briznas y las huele, tratando de reconocerlas: lavanda, romero, menta, tomillo, cantueso, mejorana, laurel...

Permanece en el umbral inclinado hacia el interior tanto rato, que Argos interpreta equivocadamente el motivo. Supone que el joven romanizado ha perdido la costumbre de sentarse en el suelo y busca inútilmente un triclinium.

—Estos fardos pueden servirte de asiento —dice, colocándolos de modo que el joven pueda tumbarse y comer reclinado, a la manera romana.

Tulio-Titul, pensativo, acepta la indicación.

Entre tanto, Cosla ha preparado fuego con el tizón que Argos recogió en la explanada y se dispone a preparar algo de comer: hojas frescas de berro y carne asada a la brasa, sazonada con tomillo. Cuando está a punto y la reparte, Tulio-Titul empieza a masticarla sin ganas.

—Deberíamos de haber traído sal y especias para ti —se lamenta Argos.

—¡Pero si me gusta así! De verdad que me gusta mucho. Lo que ocurre es...

El hierbatero mueve la cabeza entristecido.

—Lo que ocurre es que todo esto —dice, abarcando con un gesto no sólo el propio grupo y la cabaña sino también la tribu y el poblado—, todo esto, te parece extraño.

De pronto, Tulio-Titul sale bruscamente de su ensimismamiento. Se alza de un salto abandonando la postura romana y grita, rechazando con violencia la última palabra:

—¿Extraño? ¿Puede, lo extraño, herir como la flecha que alcanza al cervatillo en las tinieblas de la noche? ¿Desgarrar las entrañas como la hoja del cuchillo enemigo? ¿Duele, lo extraño, como el zarpazo del oso? ¿Quema, como el rojo lengüetazo del fuego?

Argos y Cosla alzan los ojos, sorprendidos.

—¡Serénate! Yo no quería, Titul... —empieza el hierbatero.

Pero la misma violencia le responde:

—¿Tulio? ¿Titul? ¿Quién soy yo? ¿Quién era yo?

Se acuclilla frente al fuego y humilla la cabeza, repitiendo:

—¿Titul? ¿Tulio? ¿Quién soy? ¿Quién seré? ¡Argos! ¡Tú puedes ayudarme! Dime, ¿quién debo ser en adelante?

El hierbatero apoya una mano en el hombro del joven y le obliga a levantar la cabeza. Mirándole a los ojos, responde:

—Sólo tú puedes encontrar la respuesta.

—¿Titul? ¿Tulio? —repite, desorientado.

Argos continúa:

—No te detengas en la angustia del nombre. El nombre está fuera de ti, como tus ropas o tu pelo. Has de ahondar más, si quieres buscar una respuesta.

—¿Dónde?

—Dentro de ti mismo.

—¿Está la verdad dentro de mí? —pregunta ahora, maravillado.

El hierbatero hace un gran esfuerzo. Es necesario expresar con palabras lo que palpita en su interior. La escoge cuidadosamente. Balbucea.

—La última respuesta, la verdad, está dentro de ti, pero te sobrepasa. Se encuentra en la memoria de la tribu, pero no se agota en ella.

—¿Tú la has encontrado?

—Vivo buscándola —responde Argos sencillamente.

El joven aguarda algo más, y como el hierbatero permanece silencioso, le suplica:

—¡Sigue hablando, Argos! ¡Señálame el camino!

—No puedo. Lo has de buscar tú mismo.

—¡Acompáñame al menos con tus sabias palabras!

—El silencio es el mejor compañero.

Titul-Tulio, acuclillado frente al fuego, quiere repasar la dirección que Argos le ha mostrado, para poder rastrear después sus propias respuestas. ¿Cómo dijo? Se esfuerza en repetir las mismas palabras. Murmura:

—La verdad se encuentra en la memoria de la tribu, pero no está sólo en ella. Está dentro de mí...

—...¡pero me sobrepasa! —exclama Cosla, alegre al sentir que brota en su interior, que creía colmado de amargura, una primera gota de esperanza.

El joven aún se debate en la duda.

—...en mí, pero me sobrepasa... —repite lentamente.

Horas más tarde, ya noche cerrada, Titul-Tulio visita una por una las cabañas habitadas del poblado. Cau, el jefe, se lamenta de su fracasado plan de pacífica retirada y acusa a Verges de haber conducido a los mejores cazadores a la muerte y a la tribu a la desesperación; Nasco intenta justificar la ineficacia de sus fórmulas mágicas a la pérdida de confianza que el grupo debe tener en su hechicero, confianza que, según él, había sido minada por la influencia del hierbatero; Verges culpa a Cau de haber debilitado el ímpetu guerrero de los cazadores, manteniendo en secreto el avance del invasor y gastando en la retirada un tiempo que debería haber empleado en entrenarlos para la guerra; Briga se lamenta de la falsedad del guerrero rebelde, que quiso utilizar la lucha para conseguir el mando de la tribu; unas familias se lamentan de la actual miseria, que empuja a los más jóvenes a abandonar la tribu y enrolarse en el ejército enemigo en busca de la paga; muchos se quejan de la severidad de Cau, que prohíbe tener tratos con los romanos, y otras de la violencia de Verges, que amenaza a los que estarían dispuestos a buscar trabajo y comida en la ciudad romana; y algunos, muy pocos, miran con envidia al visitante, seguros de que sólo el olvido de la memoria de la tribu, el desarraigo del pasado, podía librarles de la trampa en que se hallaban.

Titul-Tulio se da cuenta de que todos expresan sus mutuas desconfianzas y rencores, la nostalgia del pasado, la amargura del hoy y la angustia del mañana incierto pero ninguno se enfrentaba con las realidades del presente para lograr un futuro de esperanza. Ninguno aludía tampoco a la falta de agua, que ahuyentaba la caza, espantaba a los caballos y secaba los campos, cuya causa sólo el joven arquitecto suponía, pues habían sido canalizadas y embalsadas muchas corrientes desde su origen para surtir de agua a la ciudad. Estaba seguro de poder remediarla con el concurso de la tribu.

Por eso, antes de abandonar las cabañas, se inclinaba y decía a media voz, como en secreto:

—Acudid a la explanada, cuando se alce el fuego en llamarada.

Entre tanto, Argos y Cosla habían arrancado las malezas, retirado el cerco de ceniza y preparado la leña menuda que chisporrotea en repentina llamarada. En el momento convenido, lanzan la señal y la tribu vuelve a reunirse en torno al fuego.

Titul-Tulio, como si no notase la angustia, el rencor, la amargura y la desconfianza, comienza hablando del agua:

—Durante todo este tiempo que he vivido lejos de vosotros aprendí a tallar la piedra, a construir

casas y a abrir caminos. También puedo trazar caminos al agua. Trabajando todos unidos haremos que el agua regrese al valle, sin que vuelva a faltar nunca más, de modo que las laderas florezcan de nuevo, haya pasto abundante para los caballos y vuelva la caza.

Entre el alegre murmullo de la mayoría, surgen voces de protesta. Nasco asegura que donde había fracasado el hechicero de la tribu, nada lograrían las magias romanas; Cau rechaza la alianza con la piedra enemiga y declara que prefiere morir de sed a recibir una sola gota de agua de manos romanas, pero el grupo se estrechó aún más en torno al fuego. Murmuraban que Uxora había usado piedras de río en el telar y la cerámica y que no era magia, sino trabajo en común lo que se proponía, y que bien podían ellos dominar el salvaje ímpetu del agua y obligarla a galopar hacia el valle, como Dusco domó los primeros caballos.

Empezaron a recordarse unos a otros relatos que parecían perdidos porque hacía mucho tiempo —desde que Nasco declaró que sólo su voz y la del jefe podían alzarse frente al fuego— que no se contaban, pero que permanecían en la memoria de la tribu y renacían ahora en la voz de una mujer que daba forma a un sueño apenas entrevisto; de un muchacho que esa misma tarde parecía condenado a arrancarse de raíz de entre los suyos y vagar por el mundo obedeciendo voces y órdenes extrañas; de un viejo cuyos labios parecían sellados por los años y ahora comunicaban vida; de una niña, que parecía inventar y recordaba; de una muchacha que sacaba historias del sonsonete de una canción monótona.

Titul-Tulio, sentado junto a Cosla, estuvo escuchando relatos hasta la llegada del nuevo sol. Aún no sabía cuál de estos nombres tacharía, ni siquiera si uno de los dos habría de tachar, pero ya Cosla y la tribu y él mismo se habían liberado de la amargura del pasado inmediato y habían recobrado la esperanza, ahondando en la memoria de la tribu. Seguramente, el trabajo en común ayudaría a encontrar a cada uno su propia respuesta.

El agua

...entonces Titul, al que los romanos llaman
Tulio el Hispano, cuando los arroyos se secaron, regresó al poblado y alumbró manantiales
que yacían escondidos bajo las rocas y retuvo
las aguas abrazándolas con un muro de piedra y formó la laguna que los romanos llaman
presa.

Domó después el ímpetu del agua, apretando los ijares de la corriente con espuelas de
piedra y la obligó a galopar por un camino
que los romanos llaman canal, a atravesar
el hondón del valle en un salto de piedra
que nombran acueducto, y a ponerse al servicio de la tribu por una boca de piedra que
mana noche y día y que llamamos fuente.

Los habitantes de la tribu criaron caballos
en las laderas de pasto abundante para ven-
derlos después a los campesinos del llano que
los utilizaban en la labranza.

Muchos de los que abandonaron la tribu en los días de la tierra reseca, regresaron.

Otros, curiosos de saberes romanos, pudieron ir a la ciudad sin que les persiguiera la amenaza.

Los que eligieron el gozo de la captura, el desafío de la doma y el vértigo de la galopada permanecieron y permanecerán en el poblado.

Todos son hombres libres que se sienten unidos a la tribu allí donde se encuentren.

Titul, al que los romanos llaman Tulio, terminado el camino del agua, tomó de la mano a Cosla y salió del poblado. Sabemos que ha vivido y trabajado en distintas ciudades, hasta en la misma Roma, sin olvidar jamás la tribu ni la memoria de la tribu, pues siempre se ha hecho llamar por todos Tulio el Hispano.

TVLIO EL HISPANO

ÍNDICE